屋上で縁結び

縁つむぎ

岡篠名桜

JN167651

集英社文庫

◇目次

本文デザイン／高橋健二
（テラエンジン）

縁つむぎ

屋上で縁結び

縁ほどき

1

午前八時五十五分。

オフィスビルの一階エントランスフロアはすでに開放されており、出社してきたテナント各社の従業員たちが足早に行き交っていた。

十月初旬。

気温の受け取り方は様々なのか、スーツのジャケットを脱いで、額の汗を拭っている男性がいれば、ジャケットの上から薄手のコートを羽織っている女性もいる。

そのうちの半数は受付カウンター奥のエレベーターホールへと向かい、後の半数はカウンターの前を横切って、階段室へと歩いていく。エレベーターは一基しかないので、時間に余裕のある者、あるいはオフィスが低層階にある者は初めから階段を使うのである。

どちらに向かう従業員たちも、受付カウンターの前を通り過ぎる時は、軽く会釈をしていく。

「おはよう」

と、初老の男性がダンディに片手を上げて挨拶をしていく。貫禄《かんろく》たっぷりのアラフィフ女性役員の「おはよう」も風を切っていく。「おはようございます！」と小学生のように元気よく挨拶をしながら、遅刻寸前なのかばたばたと階段室に飛び込んでいく青年も。

そのたびに苑子《そのこ》はカウンター周りの始業準備をしつつ、彼らの胸元に揺れるビルの通行証を一応チェックしながら挨拶を返す。

この近野《こんの》ビルというオフィスビルの受付業務を担当するようになってから、早一年が過ぎようとしていた。

近野ビルをはじめ、様々な不動産の管理メンテナンス業をしている須田《すだ》メンテナンスが苑子の勤める会社だ。大学卒業後、四年勤めていた会社が倒産し、連戦連敗の再就職活動の末に、ようやく採用してもらえた。今回は残念ながら、ご縁がなく――という不採用通知のお決まりの言葉を借りれば、まさしく「ご縁があった」会社なのだと苑子は信じている。

「おはようございます」

落ち着いた女性の声と共にヒールの音が近づいて遠ざかっていった。苑子の「おはようございます」は女性の背中に届いたかどうか。アイボリーホワイトの薄手のコートの裾がエレガントにひらりと翻り、階段室へと消えていく。

（関谷《せきや》先生、今日もきれいだなあ）

一年近くも受付をしていれば、テナントオフィスに勤める従業員の顔と名前と勤務先、役職等はだいたい一致するようになった。もともと人の顔を覚えるのは得意な苑子だ。

先ほどの初老の男性は六階建築設計事務所の部長、キャリア風の女性は五階イベント企画会社の社長、遅刻しかけていた青年は地下一階、苑子が勤務する須田メンテナンスの隣にある須田不動産に今年入社してきた新入社員である。三社とも九時始業だが、管理職のふたりと新入社員が同じ時間に出勤していてはだめだろう。

アイボリーホワイトのコートの女性は八階にある関谷デンタルクリニックの医師だった。なかなかの高層階なのに、毎日エレベーターではなく階段を使っている。クリニックの診察時間は九時半からなので時間には余裕がある。健康のためだろうか。それなら運動に適したスニーカーのほうが良さそうだが、彼女はいつも七、八センチはヒールがあるパンプスを履いている。

それならば。

（出勤前のお参りかな？　地下二階からじゃないけど）

薄暗く風通しも決してよくないその階段室を朝から使っているのは、オフィスやクリニックへ出勤する者たちだけではなかった。その別な彼らは一階ではなく駐車場や警備員室のある地下二階からそれを始める。

それ、とは参拝である。

近野ビルの屋上には賀上神社《かがみじんじゃ》の祠《ほこら》と鳥居があった。

ビルが開いている間は時間を問わず、そこに祈願に訪れる参拝客が少なからずいるのだ。

オフィスビルの屋上に神社。何ともミスマッチな風景かと思いきや、特に珍しいものでもないらしい。オフィスビルの繁栄やテナント各社の商売繁盛を願って神様を祀《まつ》る。理には適《かな》っている。

近野ビルでは地下二階から屋上へと続く階段が参道とされており、参拝客は屋上神社へ行くために、一段一段、自分の足で上っていくのである。階段参道および屋上神社はビルの利用者以外にも開放されており、地下二階に常駐している警備員に申告すれば、フリーパスだ。日課としてお参りに来る近所の住人もいれば、関谷医師がそうかどうかは定かではないが、出勤前に参拝している経営者や従業員もいる。

もちろん、健康面に問題がある者はエレベーターを使ってもよい。自分なりのルールを作り、途中の階から上るのもありだ。

――神様はそこまで頑固でもないから、たぶん
とは、その賀上神社の神主にして、苑子の恋人でもある松葉幹人《まつばみきと》の見解である。

幹人の顔が浮かび、知らず、にやける。知り合ったのは苑子が須田メンテナンスの面接に来た時だから、およそ一年——いや正確には十一か月前。そして想《おも》いを伝えあったのは二か月前の夏祭りの夜、このビルの屋上、まさしく賀上神社の前だった。

賀上神社は、いわゆる縁結びのご利益があると言われている。ベンチひとつない殺風景なオフィスビルの屋上にある小さな神社だが、そこで婚礼の儀を行うこともできる。賀上神社で結婚式を挙げた夫婦はもれなく幸せになれる、絶対に離婚しないともっぱらの噂《うわさ》なのだった。

「……ちょっと瀬戸《せと》さん。朝から何をしまりのない顔をしているの」

「へっ」

賀上神社の、赤い鳥居に想いを馳《は》せていると、同じく受付担当の倉永千晶《くらながちあき》が探るような目で苑子を見ていた。

「別に。何も——」

こほん、とひとつわざとらしい咳払《せきばら》いをしてから、カウンターを整え終え、千晶と並んで定位置に座る。

始業ラッシュが終わると、出勤の人波はしばしぱったりと途絶え、エントランスのガラス扉から秋の朝の光が差し込んで、ほのかに大理石の床を照らしていた。

ガラス扉の向こうを、顔馴染《なじ》みの老人が通り過ぎていく。七十歳前後だろうか。扉の前でひと息入れるように立ち止まり、ガラス越しに苑子を見て、笑顔で被《かぶ》っている中折れ帽を軽く持ち上げる。それが老人の「おはよう」の挨拶だ。

以前、ビルの前で途方に暮れている様子だったのを苑子が見つけ、声をかけた。

老人は、ビルの近所にある賀上神社の本宮を探していた。屋上神社はその分社である。隣町に住むという老人は、目的地を本宮にし、朝の散歩コースを新しく開拓しようとしていて道に迷ったのだそうだ。それがたしか、今年の三月くらいのこと。

苑子が道案内をし、以来、その散歩コースに近野ビル前から賀上神社本宮への道も加わった。今日のような天気のいい日は始業時間直後のこの時間帯によく現れる。老人の穏和な笑顔を見ると、苑子も一日、穏やかに過ごせそうな気がしてくるのだった。

(実際は、あれやこれやばたばたと時間が過ぎていくんだけど)

それでも老人に会えた日は、彼にも会える確率が高いようにも思える。多少、願望も入っているが。

彼とはもちろん幹人のことだ。

昼休憩に屋上で昼食を一緒に摂《と》る――この屋上で幹人と出会ってから、そうすることで距離を縮めてきたふたりだったが、それはいまだ習慣にはなりきれていない。どちらかといえば不定期イベントのようなものだ。老人が散歩に訪れるのは雨が降っていない日で、屋上でランチができるのも雨天以外の日が前提――それくらいの確率である。

連絡先を交換する前は、会えるか会えないか、屋上に行ってみなければわからなかった。けれど連絡が取れるようになっても、前もってランチの約束はしていない。苑子は雨の日以外は屋上へ行くが、幹人のスケジュールは意外と流動的なのだ。そもそも幹人が屋上にやってくるのは賀上神社を掃除するためであって、苑子とランチをするためではない。神社の掃除も大事だが、神主の仕事はそれ以外にもいっぱいある。

以前は会える会えないで一喜一憂していたが、今はそれほどでもない。屋上でランチをする以外にも、会おうと思えばいつでも会えるからだ。

たとえば終業後、幹人の顔を見たくて本宮へ寄ってみることもある。そこには幹人の息子の陽人《はると》もいて、最大級の歓迎をしてくれる。幹人の両親に誘われて、松葉家の夕食に同席したことも、今までに二度。先月はちょうど陽人の小学校の運動会があり、家族エリアで一緒に応援した。

松葉家では、苑子をそういう存在として認識しているようだ。

そういう存在――幹人の、後妻。いや、後妻候補、だろうか。

（ごっ、後妻……っ）

自分で思い浮かべたワードに衝撃を受ける。

四年前に妻を亡くし、小学二年生の息子を持つシングルファーザー。その幹人とつきあうということは、つまりそういうことである。幹人の両親はふたり目の嫁候補として苑子を見ている——いや、見極めている最中なのだろうが、はたして息子の陽人はどうだろう。陽人は苑子を「苑ちゃん」と呼んで慕ってくれているが、それは新しい母親として「あり」だと思ってくれているのだろうか。

「瀬戸さん、百面相はやめて」

「はっ」

「笑顔」

「すみません……」

「それから、今日、健康診断だったでしょう」

「はい。朝から何も食べてませんー」

思い出した途端、お腹《なか》の虫が暴れ出しそうだった。

八階の内科で十時半の予約を取っている。会社から指定されている健診は内科の問診、身体測定に血液検査など一般的な項目だけだが、その後オプションで歯科の検診も入れていた。内科も歯科も、ビルの八階にあるクリニックだ。

空腹を思い出したと同時に、左の上の奥歯が疼《うず》いた。まるで歯自身が、そのことを思い出したかのようだ。

「あら、虫歯？」

顔をしかめながら左の頰に手を当てた苑子を見て、千晶が言った。

「うう。言わないでください」

「まあ、歯医者が好きな人なんてこの世にはいないわよね」

「わたし、歯だけは丈夫で、今まであまり虫歯にはなったこと、ないんです」

「瀬戸さん、歯並びもきれいよね」

「ありがとうございます」

きれい、という言葉で褒められることもあまりないので思わずお礼を言ってしまう。

「歯医者には縁がなかったんです」

「だから歯医者へ行くことへのハードルが高いのね」

こくこくと苑子は頷《うなず》く。

そういう千晶は幼稚園児の息子を連れてよく歯医者に行くのだそうだ。子どもの歯の虫歯予防にフッ素を塗ってもらったり、自分も定期的に歯のクリーニングに行っているらしい。

「まあ。一度虫歯になったら自然に治るなんてことないんだから、ちゃんと診てもらったほうがいいわよ」

「はい……」

少し前から奥歯に違和感があったのに、見て見ぬふりをしていた。それがいよいよ見過ごせなくなってきたので、これを機に診てもらうことにしたのだ。

決死の想いで予約を取ったものの、やはり気は重い。

「おはひはふ？」

健康診断は滞りなく終わった。と言っても、血液検査などの結果は後日通知だ。この年なので身長は変わりなく、体重はまあ、いつも家で測っている体重計の数値とほぼ同じだった。

「あー。親知らずね」

関谷デンタルクリニックの診察台の上で、苑子は医師の言葉を反芻《はんすう》した。

器具を入れられているのでちゃんと訊《き》き返せない。無防備を強いられる状態ながら、全身に力が入って強張《こわば》ってしまう。「力を抜いてー」と何度助手の人に言われたことか。

「そう。親知らずです」

涙目で見上げた先には関谷明日美《あすみ》の顔がある。薄ピンクのマスクで顔の下半分を覆っており、苑子の口の中を覗《のぞ》き込むのは毎朝挨拶をするときの穏やかな瞳とは違って、当たり前だが鋭く真剣である。

（親知らず……）

その存在には薄々気づいていた。支障がなければ放っておいても大丈夫な歯だと楽観視していたのだが。

「はい。お口をすすいでください」

診察台が音を立てて椅子の状態に戻る。

口をすすいだ後は別室に移され、何やら近未来的なマシンで歯のレントゲンを撮られた。診察室に戻り、コンピュータのモニターに映し出された自分の歯並びを明日美女医と一緒に確認する。

「この左の奥の親知らずがすぐ隣の歯を押してしまってますね。なかなかうまく歯ブラシも届かないせいか、虫歯になるのも時間の問題かもしれません」

「はあ……」

「疼いたり、冷たいものがしみたりするとかは」

「あります……」

「問診票にも書いていらっしゃいましたね」

明日美女医は事務的ながら労《いたわ》りも感じられる口調で説明と質問を続け、苑子の力ない答えにもきちんと向き合いながら問診票をチェックする。

「抜きましょう」

「え」

「ああ、抜いたほうが、いいです」

苑子のひどく怯《おび》えた顔を見て、明日美は苦笑しつつ、言い方を少し変えた。

「もちろん、何が何でも、とは言いません。歯を抜くのは相当覚悟が必要ですものね。でも抜くことをお勧めします。ほかの歯のためにも」

覚悟が決まったらまた受診してください、と明日美はあっさり診察を終わらせようとした。

途端に、苑子は見放されたような気持ちになり、

「いえ、あの。抜きます」

気づけばそう答えていた。明日美は驚いたような顔をしたが、「わかりました」と、片付けかけたカルテを手元に戻し、新たな書類を作成し始めた。

「紹介状を書きますね」

「えっ、こちらで抜いてもらえないんですか」

「すみません。うちでは抜歯できないんです。処置をする設備がなくて」

提携している近くの総合病院の口腔外科《こうくうげか》へ案内するという。

「口腔外科……」

何だかますますハードルが高くなった。

けれど、もう回れ右はできない。

「わかりました」

予約もしてくれるというので、スケジュールを確認しようとバッグからスマートホンを取り出した。

「お仕事がお休みの日がいいのかしら。それだと土曜日がいいかしらねえ」

「そうですね」

明日美が診察室のカレンダーを見ながら訊《たず》ねた。つられて顔を上げた苑子だったが、

「あ」

壁に掛かったカレンダーの、その横の棚に置かれた写真立てに目が釘付《くぎづ》けになった。

「どうかした？」

「いえ、あの。その写真——先生ですか？」

「……ああ、これ」

明日美は困ったような、照れたような表情になった。キャスター付きの椅子に座ったまま移動し、写真立てを手に取る。

「それ、このビルの屋上の神社ですよね」

「ええ」

白無垢《しろむく》の花嫁と紋付き袴《はかま》の新郎が赤い鳥居の前で寄り添って佇《たたず》んでいる。言わずもがな、白無垢を着ているのが明日美である。

「素敵。こちらはもうひとりの関谷先生ですね」

「そうね」

明日美は小さく頷くと写真立てを棚に置き、話を戻して苑子にスケジュールを確認した。あとは待合室で待つように言われる。

待合室にはキッズスペースがあり、転んでも痛くないマットが敷かれ、玩具や絵本が置いてあった。母親の治療中はスタッフが見ていてくれるようだ。もちろん、小児歯科もやっている。最寄り駅から大通り沿いはこの近野ビルをはじめ、オフィスビルや雑居ビル、様々な飲食店などが立ち並んでいるが、ひとつふたつ路地を入ると住宅街が広がっており、小中学校や幼稚園もある。その中に賀上神社の本宮もあった。

ライトグリーンが基調のソファに座ると、ようやく肩の力が抜けた。抜歯すると決めたら、なぜか思いのほか気分もすっきりした。

（そっか、関谷先生も屋上神社で挙式してたのか）

写真立ての新郎新婦の姿が今一度、目に浮かんできた。意外なような、そうでもないような。明日美が毎朝、階段を使っているのはやっぱり出勤前に賀上神社に詣でるためなのかもしれない。

関谷デンタルクリニックは夫婦で経営している。明日美も医師だが、院長は夫のほうだ。

（院長の名前なんだっけ）

疑問はすぐに解決した。待合室の壁に医師免許証が入った額縁がふたつ並んで飾られてある。


関谷明日美と、関谷篤史《あつし》。

その横に今週の担当医というボードもあった。日付と曜日、午前と午後に分かれており、そこに名前のプレートが貼られてある。今日は午前中が明日美先生で、午後の担当が篤史先生。両医師の名前が並んでいる日もあるが、たいていはどちらかがどちらかの時間帯を担当しているようだ。

「瀬戸さん。瀬戸苑子さーん」

ソファでくつろいでいると、受付で名前を呼ばれた。

「あ、はい」

「ええと、再来週の土曜日。午前十時半に予約を入れましたので、直接こちらの藤咲《ふじさき》病院の口腔外科をお訪ねください。こちらが紹介状です」

紹介状と一緒に病院までの地図も用意してくれた。

「ありがとうございます」

オプション分の会計を済ませ、ついでに予約の日時をスマートホンに入力しようと、バッグに手を入れる。

(再来週かー。今日は月曜だからあと二十日くらいある。その間に覚悟が鈍っちゃわな

いようにしなきゃ）

しかし。

「あれ」

バッグの中を探るが、スマホが見当たらない。

（おかしいな。えっと最後に使ったのって）

そうだ、と苑子は踵《きびす》を返した。

受付の女性が電話中だったので、通りかかった歯科助手を呼び止める。

「あの、すみません」

「はい？」

「診察室にスマホを忘れてきてしまったかもしれないんですけど、取りに行っていいですか」

明日美先生の診察室だと告げる。

「今はほかの患者さんがいらっしゃらないのでどうぞ」

「ありがとうございます」

コンコンとノックをしてから、診察室の扉をスライドさせる。

中を覗き込むと、明日美はデスクに向かっていた。

デスクの上には届けられたばかりなのか、郵便物の束があり、明日美はそれらをチェックしているところだった。

「瀬戸さん、何か訊き忘れたことでも？」

　苑子に気づいて振り返る。

「あ、いえ。あの、忘れ物をしてしまって」

「忘れ物？」

「スマホを。探してもいいですか？」

「もちろん、どうぞ」

　苑子は先ほどまで自分が座っていた椅子の周辺に視線を走らせた。

「あ、あった」

　すぐに見つかった。診察中、荷物を入れておく籠の中の隅に、見覚えのあるスマホケースの柄が見えた。

「ありました」

「よかった」

「すみません。お邪魔しました」

「いいえ」

「失礼しますー」

　頭を下げて診察室を出る頃には、明日美はもう作業に戻っていた。扉を閉めるその瞬間、苑子はなぜか、明日美の様子に目を留めてしまった。

郵便物の中にあった一通の封書。

ローズピンクの封筒。

明日美はそれを、差出人を確認することなく捨てた。

二十通はある郵便物の束の中で、濃いローズピンクの封筒はひどく存在感を放っていた。白っぽい封筒ばかりだからか、余計に目立つ。まるでトランプの中のジョーカーのようだ。

明日美はカードを引くようにそのピンクの封筒を選び、一瞬だけじっと眺めた後、そのまま足元のゴミ箱の中に落としたのだ。

なんてことのない光景だったのかもしれない。

きっと確認するまでもない。

いらないダイレクトメールか何かだったのだろう。

けれど、なぜか苑子の目の裏に、ローズピンクの封筒と明日美の横顔が焼きついてしまったのだった。

「へえ。健康診断」

健診の後は直接昼休憩に行ってもいいと言われていたので、苑子はオフィスにお弁当を取りに行き、地下一階から屋上まで階段を上った。

朝、中折れ帽の老人を見かけたご利益か、幹人は現れた。ひと通り、神社周りの掃除を終えた後、苑子のお弁当のおかずに手を伸ばしつつ、話に耳を傾けてくれる。

「僕は左は上下とも、右は上だけ抜いて、下は残ってる」

「親知らず？」

「うん」

「わたし、まだ抜いたことなくて」

「ん、このかぼちゃの煮物うまい」

陽《ひ》だまりにふんわりとした風も相まって、穏やかな時間だ。お互い、少しずつ、敬語じゃなくなってきている。たまに出てきてしまう時もあるけれど。

「この近くの総合病院まで行かなくちゃいけないの」

「ってことは、藤咲病院？」

「そう、その藤咲病院」

まろやかな日差しの中で、幹人の表情に、ほんの少し陰が差す。

見過ごすことも見逃してしまうこともできるわずかな陰だ。見つけてしまったのは彼のことが好きだからだろう。

好きだからこそ、見なかったことにすべきなのかもしれない。一瞬のうちに、苑子の感情が揺れた。それを、押し隠す。

「うちもたまにお世話になるよ。近いし、昔からあるしね。救急もあるから陽人が夜中に高熱を出した時とか」

老朽化が激しく、二年くらい前から棟ごとに建て替えが始まり、去年の夏に完全リニューアルしたという。

「幹人さんが子どもの時に熱を出した時も？」

「僕はあったかなあ。小学生の時に足の骨を折って入院したけど」

くすくすと幹人は笑い、よぎった陰をきれいに消した。代わりに、目じりにうっすら笑い皺《じわ》を刻む。

「陽人が生まれたのも藤咲病院なんだ」

「そうなんですね」

「あ、また。苑ちゃん、敬語」

「あっ」

苑子さんが、陽人を真似《まね》たのか苑ちゃんになり、苑子も神主さんから幹人さんに呼び方を変えた。千晶いわく、牛歩のようなペースだが距離は徐々に縮まっている。けれどたまに苑子がひとり、足を止めてしまう時がある。

（もしかしたら、奥さん——美由紀《みゆき》さんが入院していたのも）

　そして息を引き取ったのも同じ病院なのではないか。

「はい、苑ちゃん」

「え？」

「今日はこのお饅頭《まんじゆう》」

　幹人が苑子の手にそっと小さな包みを載せる。

　苑子はぷっと噴き出した。

「何？」

「今の言い方、陽人くんにそっくり。『はい、苑ちゃん』っていうの」

「それは、陽人が僕に似てるんじゃないの？」

　少し不本意そうに幹人が唇を尖《とが》らせる。

「でもわたしのこと苑ちゃんて呼び出したのは陽人くんだし」

　尖った唇の形もそっくりだ。ああ、親子なのだな、と当たり前のことを微笑《ほほえ》ましく眺めてしまう。

「じゃあ、僕は苑子って呼ぼうかな」

「え？」

「だめ？」

「だ……だめじゃないです」

「じゃあ、そうする」

苑子、と幹人が呼ぶ。

「何ですか」

わけもなくどきどきする。

「また、敬語」

「あ」

「そのお饅頭、何を模《かたど》ったものかわかる？」

包みを開けると、きれいなオレンジ色のお饅頭が出てきた。

「わあ、きれい。何だろう」

和菓子は季節感を大事にする。秋で、オレンジ色のもの。

「ええと、柿、とか」

ちらりと幹人を横目で見る。苦笑している。はずれのようだ。

「じゃあ、蜜柑《みかん》？」

「蜜柑は冬かな。夏蜜柑もあるけど。――残念。それはね、紅葉《もみじ》」

「あっ……紅葉」

「うん」

答えを聞いて、自分にはつくづく風流さが足りないのだと自覚した。それ以前に、想像力だろうか。模したお饅頭だと言っているのに、丸くてオレンジ色からの連想が柿か蜜柑とはそのまますぎる。

「まだ早いけど、あと一か月くらい先かな」

「え？」

とほほな気分の苑子を知ってか知らずか、幹人は晴れやかに微笑んでいた。

「一緒にどこか、紅葉を見に行こう」

一か月も先の約束が日々の活力になる。その週は、振り返ってみれば幹人と屋上で会えたのはその月曜日だけだったのだけれど、その効果は一週間経《た》っても続いていた。ふとした瞬間に幹人の言葉を思い出して笑みが浮かび、千晶に気味悪がられること数回、いや、片手の指では足りない回数。

そんな時だった。

休憩を終えて、荷物を置きに戻った須田メンテナンスのオフィスで、苑子はこの間明日美が捨てていたのとそっくりのローズピンクの封筒を目にした。

庶務課のデスクの上にそれはあった。

「あ！」

驚いて声を上げ、駆け寄る。デスクの前にいた園田美冬《そのだみふゆ》がびくっと体を震わせた。

「もう、何、瀬戸さん。びっくりするじゃない」

「ごめんなさい。でも、それ」

「それ？　どれ」

「その、ピンクの封筒」

須田メンテナンスの庶務課に所属する美冬のデスクには大量の郵便物が並んでいた。すべて、この近野ビル内のテナント宛てに届いた物だ。

近野ビル内への郵便物や荷物はすべて一括して、地下二階の警備員室に届けられ、須田メンテナンスの社員である警備員が受け取る。

大きな荷物は各テナントに連絡して、警備員室まで取りに来てもらい、郵便物は、庶務課の美冬がオフィスで仕分けして、各テナントへ届けるのである。

「ああ、これ」

「そう」

「これがどうかしたの？」

「――あ、ええと。どうかしたわけじゃないんだけど」

美冬はすでに大半の仕分けを終えていた。毎日一度、午前九時頃近野ビルへと届く郵便物はなかなか膨大な量だ。それを各階、各テナント宛てに分けるのも手間がかかるだろう。それでも作業は三十分もかからずに終わり、いつもは午前十時には各テナントへ届け終わっているのだが、今日は別の急ぎの作業があって仕分けは後回しになり、こんな時間になってしまったのだそうだ。

ローズピンクの封筒は八階、関谷デンタルクリニックの束の上に置かれていた。ピンクの封筒の表に、黒い字で宛先と宛名が書かれてある。濃いめのピンクに黒のインクなので読みにくい。

「……明日美様？」

「そうそう。名字がないの。いつも、明日美様だけ。宛先に関谷デンタルクリニックって書いてあるからそれでもわかるんだけど」

それに、と美冬は続けた。

「この封筒、異色すぎて目立つわよね。毎回、もう宛名見なくても関谷デンタルクリニック宛てだってわかるもの」

「毎回？」

「たまに届くのよ、この色の封筒。色というか、まったく同じ封筒なんだけど」

頻度ははっきり覚えていないが、これまでに十通以上は届いているはずだと美冬は言う。

「実は、一週間前に同じ封筒を関谷デンタルクリニックの診察室で見かけて。めったにない色の封筒だから、何となく目に留まって。じゃあ、週一のペースで届いているってこと？」

「そういえば、先週も見かけたわね。でもその前はたぶん、もっと間が空いていた気がするわ」

不定期に届く派手な封筒。それも十回以上。

やっぱりダイレクトメールの類なのかもしれない。不要だとわかっているから中身を見ずに捨てるのだろう。

ふいに、左の奥歯がじくん、と疼いた。

意識していない時は痛みも忘れているのに、ローズピンクの封筒が親知らずの存在を思い出させた。気になり出すと、ずっと痛い。

「たしかに、目立つ上に気にはなるわよね、これ」

「え？」

「だって、差出人が不明なんだもの」

美冬はローズピンクの封筒を苑子に手渡した。裏返してみると、住所も名前も書いていない。封筒に厚みはなく、中身が入っているのか疑問に思うほどだ。

セキュリティが命の須田メンテナンスといえども、郵便物に関しては仕分けのみを請け負っているので、差出人不明の郵便物もそのまま届けている。だが管理会社の社員として不審物センサーが起動してしまうのはもう性分だ。

一応、透かしたり、匂いを嗅いでみたり、消印を確認してみたりはする。

「でもねー。こんなに濃い色の封筒だと透かしてみても無駄だし、普通の紙の匂いしかしないし。消印もね。確認したところで、別に打つ手はないじゃない？」

「それは……そうね」

「そのまま関谷デンタルクリニックに届けて、特に何も問題はないようだしね」

問題。はたして本当にないのだろうか。あったとして、明日美個人の中で処理できるほどの問題にすぎないのかもしれない。

「個人の問題ならこちらとしてもノータッチだ」

「部長」

いつから聞いていたのか、部長の真辺《まなべ》がするりと会話に入ってきた。

「セキュリティとプライバシーの関係は複雑なもんさ」

「はあ……」

あまり詮索しすぎるなということだろう。とりあえず、明日美が差出人を確認せずにそのまま捨てた行為はこれで理解できた。これまでと同様に差出人の名前がないことは、見るまでもなくわかっていたからなのかもしれない。

「少し不穏よね。病院宛てに届く差出人不明の不審な手紙――」

苑子と美冬の不審物センサーはいまだ発動中である。


「それって、嫌がらせとかじゃないの」

美冬としゃべっていて、気がつけば休憩が終わる時間ギリギリになってしまった。慌てふためき、息を切らしながら受付カウンターに戻った苑子を見て千晶が眉をひそめ、その理由を問うたので、ぼそぼそと一連の事情を説明したところ、そんな答えが返ってきた。

「やっぱりそうなんですかね。病院に嫌がらせって、もしかして医療ミスとか事故とかですか。何かトラブルがあって恨んでるとか？」

「歯医者でトラブル。あまり耳にしないけどなくはないんでしょうね。デンタルショックっていうのも聞いたことあるし。でも――」

「でも？」

「ピンクの封筒っていうのが気になるわ」

「え」

「女じゃない？」

「女」

「差出人よ」

「あ」

「しかも、宛先は明日美先生。クリニックじゃなくて。名字がないのはよくわからないけど」

「すごい倉永さん。探偵みたい」

思わず拍手しそうになる。

「これでも管理会社の派遣社員だから――って、やだやだ。わたしまでセキュリティの呪いにかかってる」

千晶は両手で両腕を抱きしめ、心底いやそうな顔をして肩をすくめた。

「ただの想像よ。本気に受け取らないで」

「でもでも、明日美先生宛てに女性からの不審な手紙って」

それを明日美は中身を見ずに捨てている。不穏なまなざしをしたその横顔が思い出された。考えられるのは、夫の女性関係ではないだろうか。

「前言撤回」

苑子の表情を読んだのか、一転して、千晶は声を硬くした。

「ドロドロは他人事でもごめんだわ」

千晶自身、夫の浮気騒動で別居していたことがある。結局離婚には至らず、丸く収まったらしいが、浮気をされた心の傷は一生消えないとも言っていた。話はそこで終わったが、まだ疑問は残る。

明日美はなぜ封筒を破って捨てなかったのだろう。少なくとも宛先と自分の名前は表記されている。個人情報の点でも、郵便物を処分するときは破棄するのが普通ではないだろうか。

(……わたしってば変なの。どうしてこんなに気になるんだろ)

親知らずはまだ痛い。封筒が歯の痛みを思い出させたように、その逆もしかり。歯が痛いうちは、ローズピンクの封筒のイメージが頭から消え去らないに違いない。

2

とうとう、親知らずを抜歯する日が来た。

会社の近くとはいえ、最寄り駅からはバスで揺られて五つ目の停留所。初めて訪れた藤咲病院は思っていたよりも立派な外観の建物だった。松葉一家が昔からお世話になっていると言っていたが、それほど古さも感じられない。

(そういえば建て替えたって言ってたっけ)

中に入ると開放的な空間が広がっており、座り心地の良さそうなソファがずらりと並んでいる。待合所というよりはロビーと呼ぶのがふさわしい雰囲気だ。多くの患者やその家族らが会計や院内処方の薬を待っているが、音楽が流れるロビーはやけにゆったりとした空気が流れていた。事務員やスタッフが患者を呼び出す声がないのだ。会計や薬局のカウンターの上には大きな電光掲示板があり、すべて番号で順番を案内していた。よく見ると、会計の自動精算機まであった。クレジットカードも使えるようだ。

「いかがされましたか？」

ぼんやりしていると、病院のスタッフらしき女性に声をかけられた。紹介状を持ってきた旨を伝えると、初診受付に案内され、受診票などが入ったクリアファイルを渡された。その後、促されるままに、口腔外科のエリアまで連れていかれる。

予約を入れてもらっていたので、そこからも早かった。

レントゲンを含め、苑子のデータはすでに藤咲病院口腔外科の医師のパソコンに届いていたようで、モニターを見ながら、「歯はこう生えているので、こうやって抜きます」云々《うんぬん》、抜歯における注意事項等をさらりと説明され、一応理解をして書面にサインをして、気がつけば処置台に載せられていた。心の準備はしていたつもりだったが、待って待って、という声にならない叫びを上げつつ。

「麻酔を打ちます。ちくりとします。痛かったら手を上げてくださいねー」

あ、これはお決まりの台詞《せりふ》だ。

痛くて手を上げても、別にやめてはくれないのだ。痛いということは麻酔が効いていないな、という判断なのだとどこかで聞いた。

麻酔は痛かったが、その後は何も感じない。ごりっとか、がりっという感覚はある。そうこうしているうちに、

「はい、抜けましたー」

時間にすれば五分も経っていないのかもしれない。あっという間に処置は終わった。

「抜いた親知らず、見ます？」

「え？」

見るとも見ないとも返事しないうちに、視界の中に入ってくる。血まみれの歯はけっこう大きく、これが奥に埋まっていたのかと妙に感心した。

「いりますか？」

「はい？」

「持って帰りますか？」

思わぬことを訊かれて絶句する。

「これ、ですか？」

「お子さんとか、記念に持ち帰るかたもいらっしゃるので」

「……いえ、けっこうです」

お子さんという年齢じゃないし。

「そうですか。じゃあ、こちらで」

こちらで？　どうするのだろう。

苑子の疑念が伝わったのか、医師はにっこり笑って説明した。

「医療用廃棄物として業者に回収してもらうか、こちらの歯は虫歯にもなっていないし状態がよいので、医学生の実習や研究で使わせてもらうかもしれません」

「はあ」

「しばらくは麻酔が続きますが、切れたら痛みも出てくると思うので鎮痛剤を出しておきます。十日ほどしたらまた、かかりつけの——関谷デンタルクリニックさんに見せに行ってください」

ファイルをロビーの受付に返し、ソファで会計と処方箋を待つ。

電光掲示板の数字を見ると、苑子の番号まではまだまだ時間がかかりそうだ。しばらくスマホを操作したりして時間を潰していたが、それも飽きてきた。ロビーの端にコンビニを見つけ、飲み物でも買いに行こうかと立ち上がるが、すぐに諦める。数時間は何も食べたり飲んだりできないのだった。

「あれ」

だがそのコンビニから出てきた人物を見て、苑子は再び立ち上がった。

（真辺部長？）

いつものスーツ姿ではなく、ラフなジャケットとパンツだが、間違いない。ひどく神妙な顔をしていた。部長もどこか受診に来たのだろうか。

そういえば、先だっての内科の健康診断の結果が今週のあたまに、一斉に須田メンテナンスに送られてきた。苑子は血液検査その他、どれも数値は正常で問題なし、X線検査も異常なしだった。

（まさか部長、再検査とか）

離れているので声もかけられず、真辺部長はロビーを横切り、行ってしまった。


「苑ちゃん、歯、抜いたんでしょ？」

「え、何で知ってるの？」

「パパに聞いた」

「そっか」

季節が少し進んだ秋の午後。屋上には幹人ではなく陽人が来ていた。今日は小学校は創立記念日で休みなのだそうだ。

「痛かった？」

「うーん。そうでもなかったよ」

小二の子を相手に強がってみても仕方がないが、変に恐怖心を煽《あお》る必要もないだろう。

「泣かなかった？」

「うん」

「えらいえらい」

苑ちゃん、えらいねーと頭を撫《な》でてくれる。

「ありがとう」

「苑ちゃん」

「ん？」

「卵焼き」

「はい、どうぞ」

うれしいことに、苑子の作った卵焼きは陽人の大好物だ。

「おいしい」

卵焼きを頬張りながら、陽人は小さなリュックの中を漁《あさ》る。

「はいこれ、交換の」

「わあ、パウンドケーキだ」

「栗《くり》が入ってんの」

「ほんとだ。おいしそう」

「秋って感じでしょう」

そうだね、と苑子は頷く。

そういえば、紅葉狩りに行くという話はどうなったんだろう。まだ十一月に入ったばかりだから紅葉には早いが、あれ以来、会話に出てきていなかった。

幹人は最近、なかなか屋上に現れない。スマホではほぼ毎日、何かしら連絡を取り合っている。けれど顔はしばらく見ていなかった。忙しいのだろうと思うと、苑子も本宮に向かうのに二の足を踏む。

「パパは忙しそう？」

陽人は自分の分も持ってきていたのか、栗入りパウンドケーキの個包装を破くと、ぱくっとかぶりつきながら「うん」と答えた。ゴミになった包装紙はくしゃくしゃにしてズボンのポケットに入れていた。

「もうすぐ七五三だから」

「七五三――」

言われてみればそうだった。土日はもちろん、平日もお参りに来る家族連れは多いだろう。陽人いわく、十月の半ばくらいから一か月間は参拝客も多いそうだ。

（幹人さん、そんなことひとことも）

スマホでのやり取りは他愛のないことばかりだ。苑子が「忙しい？」と訊けば「うん、けっこうね」と返ってくるが、何がどう忙しいとまでは教えてくれないし、苑子も訊ねない。七五三なんて、苑子自身が祝ってもらって以降は縁がない分、まったく思いつかない事情だった。

「あ、ついてるよ」

陽人の口元についたケーキの破片を、苑子が指で取る。陽人はくすぐったそうな、照れたような顔をして、えへへと笑った。

「ぼくも袴、はいたよ」

「ん？」

「七五三の時。あまり覚えてないけど」

「覚えてないの？」

「ちっちゃかったから。あのね、数え年っていうの。ほんとは二歳と四歳のとき。四歳のときのはちょっとだけ覚えてる。本当はもっとちゃんと覚えておきたかったんだけど――」

陽人がひどく残念そうに言うので、苑子も同調した。

「わたしもそうだよ」

自分が七五三をしたときのことなんて、ほとんど覚えていない。

「苑ちゃんも？」

「うん。写真があるから、ああ、こんな着物着たんだなあって」

後から記憶を上書きして、想い出を補強することはよくあるのではないか。

「家にも写真あるよ。今度苑ちゃんにも見せてあげる」

二歳と四歳の陽人の袴姿。さぞかしかわいいことだろう。想像しただけで頬がゆるむ。

「あ、そうだ。じゃあ、今の時期に、本宮に行ったら幹人さん――パパの神主さん姿が見られるのかな」

いつもはTシャツかパーカーかセーターにジーンズの幹人だが、烏帽子《えぼし》に狩衣《かりぎぬ》、と神主の正装をすれば、それはもう、麗しくてかっこいいのだ。

「見れるよ。でもパパ、今日はいないかも」

「そうなの？」

「うん。夕方、お見舞いに行くって言ってた。ぼくも昨日、ばあばと行ってきた」

「お見舞い？」

「おじいちゃんが入院してんの」

「えっ」

陽人の祖父とはすなわち幹人の父親。もちろん苑子も何度も会ったことがある。

（入院――）

どこが悪いのかとか、怪我《けが》でもしたのか、深刻な状態なのか――どこまで陽人が把握しているかもわからないので、軽々しく訊ねるのもためらわれる。

ふと、先日、藤咲病院で見かけた真辺部長の顔がよぎった。

「もしかして藤咲病院に入院してる、とか」

すると陽人はよく知ってるね、と言いたげに目を丸くして「そうだよ」と頷いた。

「いつから？」

「よくわかんない。でもたぶん、二週間くらい前。病気なんだって。でもぼくが行ったときはすごく元気だったよ」

陽人は昨日のお見舞いが二回目で、先々週の日曜日にも行ってきたという。苑子が抜歯をした日――真辺を見かけたのが先週の土曜日だ。

（部長は幹人さんのお父さんのお見舞いに来ていたのかもしれない）

と、同時に、言い知れない感情が心をざわつかせる。

なぜ幹人はそれを苑子に黙っているのだろう。何も言ってくれないのだろう。

父親が入院した。大事だ。同じ神主である父親が不在だから、いつにも増して多忙なのではないか。

陽人は元気だったと言っているけれど、孫の前ではそう装っているだけかもしれない。

本当にたいしたことがないから苑子には伝えないのだろうか。それとも、深刻だから伝えないのか。どちらにしても、苑子の心配は無用だということなのか――考え出すときりがない。

怪我ではなく病気で二週間以上も入院なんて。

苑子は教えてもらっていないのに、部長は知っている。それももやもやする。

（そりゃあ、わたしより部長のほうが賀上神社とのつきあいも長いけど、でも……）

苑ちゃん、と声がして、横を見ると陽人がそっと苑子の顔を覗き込んでいた。

「ん？」

「明日なら、たぶんパパいるよ。会いに来なよ。そうしたら、元気出るよ」

まっすぐな眼差《まなざ》しで言われて反省する。気落ちした顔を見せて心配させてしまったようだ。

「いいの。大丈夫。こうして陽人くんが会いに来てくれたもん」

「ぼくでいいの？」

「もちろん」

「苑ちゃんは――」

「ん？」

「苑ちゃんはぼくのママになるの？」

唐突に、問われた。不意打ちすぎて、返す言葉が出てこない。

陽人の表情はそれまでと変わらないように見えた。単に疑問に思って訊いたのか。何か意図があるのか。陽人にとっても苑子の答えは重大であるはずだ。

けれどそれは苑子にもわからない。

「わたしはね、陽人くんも陽人くんのパパも大好き」

そう答えるのが精いっぱいだ。

「ぼくもね。苑ちゃんが大好きだよ」

言った後に、陽人も次の言葉を探していた。八歳だが八歳なりに、きっと考えていることはちゃんとあるのだ。苑子のことが大好き。だからママになっていいよ。あるいは、大好きだけど、ママみたいには思えない——逆に苑子が陽人のママになってもいいかと陽人に訊いたら、そんなイエスかノーのふたつ以外にもたくさんの答えになりきらない想いがあるのだろう。

しばしの沈黙の後、陽人は諦めたように立ち上がった。

「もう帰らないと。創立記念日なのに、先生、いっぱい宿題出したんだ。計算ドリル二ページと漢字の書き取り三ページ」

「大変だね。頑張って」

「うん」

陽人はリュックを背負い直し、「ばいばい」と手を振った。

「またね」

数歩走って、苑子を振り返る。

「写真、見においでね。七五三の」


休憩を終え、オフィスへの階段を下りている時、四階から三階のところで明日美と出くわした。

「先生」

苑子が声をかけると、俯《うつむ》き加減に階段を上っていた明日美が立ち止まり、顔を上げた。

「あら。受付の――瀬戸さん」

明日美の中では苑子はまず、受付に座っている須田メンテナンスの社員という認識なのだろう。それから、自分のクリニックに診察を受けに来ていた患者のひとりだったことを思い出したのか、

「その後、歯の調子はどうですか」

ふっと医師の表情になり、訊ねた。

「はい、特には。来週また経過を見せにそちらに行きます」

「そう」

「先生はいつも階段なんですか？」

「え？」

何気なく苑子が問うと、明日美はきょとんとした。

「クリニック八階なのに、出勤の時、いつもエレベーターじゃなくて階段室のほうにいらっしゃるので」

「ああ——そうね。運動不足解消も兼ねてね。たまに、時間があるときは屋上まで行くの」

「神社にお参りですか」

「本当に、たまにだけれど」

「結婚式を挙げた神社ですもんね。結婚後もこんなに近くで神様がご夫婦のことを見守ってくださっているって思うと心強いですね」

苑子が言うと、明日美の表情が少し沈んだように見えた。何か失言してしまったのだろうかと焦る。

「そうね。見守ってくれているといいんだけど——どうかしら」

苑子に他意はなかった。だが、心のどこかにあのローズピンク色が揺れていた。千晶いわく、夫の女関係から送られてきたかもしれない封筒——果たして神様は夫婦を見守ってくれているのだろうか。

（やっぱり余計なことを言ってしまったのかも。ああ、わたしのばか）

じゃあ、と言って明日美は再び階段を上がっていく。その後ろ姿を見送りながら、反省する苑子であった。

その夜、幹人からスマホに写真が送られてきた。

陽人から七五三の話をしたと聞いたのだろう。

――なかなか屋上に行けなくてごめん

――大丈夫。忙しい時期なんでしょう？

――代わりにこれ見て元気出して

そんなメッセージのやり取りの後に送られてきた写真は男の子の七五三の写真だった。

――陽人くん？

そう送った後で違うと気づいた。陽人によく似た面立ちだがどこか違う。画像も少し荒い。

――僕

――数えで五歳の時の

続けて送られてくる。紋付き袴姿の幹人は幼いながらも着せられた感はなく、妙に風格がある。

――ってことは、四歳ね。かわいい

――苑子のも見たい

――え、ちょっと待って

苑子は慌てて自分の部屋を出て、階段を下りた。部屋にあるのは卒業アルバムの類だけで、それ以前のものはリビングルームの本棚にある。七五三の写真は家族のアルバムの中にもあるが、たしか写真館で撮った記念写真があったはずだ。

「あった」

「ちょっと苑子。何よ、急にそんなもの」

本棚のいちばん下の段に見つけ、自室に持って上がろうとして、キッチンからそれを見ていた母親に呼び止められる。

「友達が見せてほしいっていうから。写メ撮って送るの」

最低限の説明だけして、逃げるように階段を上がる。幹人とのことは、まだ家族には言っていなかった。

彼氏の存在にさほど干渉する親ではない。けれど娘に今、そういう相手がいるかいないかくらいは感づいているだろう。苑子の年齢的にも、それが結婚相手になるのかどうかも気にはしているかもしれない。

だからなかなか打ち明けるのにも勇気がいる。つきあっている相手に、八歳の息子がいるという事実は。

苑子はベッドの上に二つ折りになった七五三の台紙アルバムを開いた。たぶん苑子も数えで七歳の時だったはずだから、実際は六歳の時だろう。借り物の着物を着てすまし顔をしている。

アングルを変えながら三枚ほどシャッターを切り、その中からいちばんうまく撮れたものを幹人に送った。

既読がすぐにつく。

——今とあまり変わってない
そんな感想が届く。

——そう?

——うん。苑子だね
どんな表情で幹人はこの言葉を送っているのだろう。文字だけではよくわからない。

——陽人のは、今は送らないでおく。また、うちまで見においで。陽人とも約束したみたいだし
——うん

陽人が幹人に報告した苑子との会話はそれだけなのだろうか。父親の入院については?

苑子からは、やっぱり訊くことができなかった。

3

「はい。問題なさそうですね。抜歯後も特に変わったことはなかったですか」

「はひ」

口を開けたまま、間抜けな声で返答する。

藤咲病院の歯科医に言われたとおり、抜歯後十日ほど経ってから苑子は関谷デンタルクリニックを訪れた。

午後の診察——といっても、会社が終わってから来たのでもう夕方だ。担当医師は院長の篤史先生だった。出勤時は朝昼問わず、受付カウンターに向かってビルの通行証を掲示し、それを挨拶の代わりとするタイプである。とはいえ、別に愛想が悪いわけではなく、実際に話してみれば穏やかな声音の人当たりの良さそうな男性だった。

これで通院は終わりだと告げられ、やっと肩の力が抜けた。

「お疲れさまでした」

「ありがとうございました」

処置台を下りて、待合室に戻る途中、診察室の前を通った。扉が開けっ放しになっている。通り過ぎる瞬間、ちらりと中を見遣《みや》ると、ひと足先に戻っていた篤史先生がデスクの前に座っていた。自然と、苑子の目は彼の足元のゴミ箱に引き寄せられる。

（あ）

あのローズピンク色がよぎった。

つい、足を止める。さすがにまじまじと見ることはできなかったが、捨てられた様々なものに交ざって、ローズピンクの封筒が半分、見えていた。

（また今日も、届いたのかな）

そして明日美が捨てたのだろうか。千晶は女からの嫌がらせの手紙だという。ただの想像だが、同じデスクを共用しているのなら、それを夫の篤史も目にしているのではないか。

せっかく歯の治療は無事に終わったというのに。最後の最後でまたあのローズピンクが苑子の脳裏に色を残した。今後もあの色を見るだけで、完治したはずの歯が条件反射のように疼いたらどうしよう。

だが、次にその色が苑子の前に現れたのは意外な場所だった。

いつものように、昼休憩に屋上に行き、お弁当を食べる前の習慣として神社にお参りをした。小銭を入れて、手を合わせようとしたときだ。

祠の前のお供え物などを置く台に、それは置いてあった。ローズピンク色の封筒の束である。

（え？）

間違いなく、明日美宛てのあの手紙だ。表を上にしてあるのでその名前も見える。

なぜ、これがここに——。いったい誰が。

答えを考える間もなく、後ろから足早にヒールの音が近づいてきた。苑子が振り返ると同時に、白い人影がローズピンク色の封筒を摑《つか》み取った。

「せ、関谷先生？」

明日美だった。動揺した素振りで封筒を体の後ろに隠す。白衣の裾がぱたぱたと風に煽られていた。

「瀬戸さん。これは——何でもないの」

言って、明日美は封筒を白衣のポケットに入れる。

「待ってください」

そのまま行ってしまおうとするのを、苑子は一瞬、ためらった後で引き留めた。デリケートな問題だとわかってはいる。余計なお世話だろうし、触れられたくない部分なのだろうとも想像できる。けれど苑子の中で、その色と今はもうない親知らずがすでに直結している。このままではこの色を見るたびに、ずっと疼痛《とうつう》とつきあわなくてはならない羽目になる。

（そんなの困る）

何らかの解決を見なくては。

「それ、クリニックにたまに届く封筒ですよね。差出人不明の」

ぎょっとしたように明日美は立ち止まった。

「どうして」

「あ、ええと。うちのオフィスに届いたのを、たまたま見たことがあるので」

クリニックで見て気になっていたことはわざわざ言わなくていいだろう。

「……瀬戸さんは須田メンテナンスさんの社員だものね」

明日美は一応納得した様子を見せたが、眉はまだ曇っている。

ふとその眉間の皺を解き、ポケットから封筒を取り出して眺めた。クリニックで見たときと同じような、思いつめた表情だった。

「あの、先生？」

「瀬戸さん」

苑子が声をかけるのと、明日美が顔を上げるのが同時だった。

「は、はい」

明日美はもう迷いや悩みを隠そうとはしていないようだった。神社を訪れたということは何らかの葛藤を抱えているからなのだろう。先ほどまで奉納されたかのように置かれていたそのローズピンク色の封筒に関することに違いない。

「瀬戸さんは、ここの神社の神主さんと親しいのよね」

だが、次に明日美の口から出てきた言葉に仰天し、とっさに返事ができなかった。

「あら、違った？」

「いえ、あの」

「そんなふうに聞いたことがあったから」

誰にですか、どこでですか。

まさか、自分と幹人のことがビルで噂にでもなっているのだろうか。つきあい始めたことは身近な人にしか言っていない。正しくは、千晶にしか言っていないが、彼女は不用意にそういったことを言いふらす人ではない。

「いつもここで一緒にお昼を食べているんでしょう？」

「あー、はい。たまに」

そうか。昼休みにここを訪れるのは何も苑子と幹人だけではない。その様子を目撃されれば噂が立つのはあたりまえだ。

「わたしと夫――院長、ここで結婚式を挙げたの。前にも言ったけど」

「はい」

「縁を切るにはどうしたらいいのかしら」

「縁を切る――って」

これは離婚の相談をされているのだろうか。

「あの……離婚、されるんですか？」

恐る恐る訊ねると明日美はまた眉間に深く深く皺を刻みながら「ううーん」と唸《うな》り、前髪を掻《か》き上げた。

「そうじゃないの」

「違うんですか」

ちょっとほっとする。ではその手紙の差出人と縁を切りたいのだろうか。そのほうがよほどしっくりくる。

「あのね。離婚はもうしてるの」

「は？」

「わたしたち、今年のあたまにもう別れてるのよ。書類の上では」

苑子はびっくりして明日美の顔を見返した。ということはもう離婚して十一か月。そろそろ一年が経つということだろうか。

「でも、誰にも言っていないの。お互いの家族にも、もちろん、クリニックのスタッフにも」

明日美が四歳年上の篤史と結婚したのは九年前だという。

もともと同じ大学の歯学部の先輩後輩で、長年仲間内で親しくしていた。大学卒業後、別々の歯科医院に勤めていたが、九年前、篤史がこのビルにクリニックを開業することになり、それを機に関係が一気に進んだのだという。

「一緒に、クリニックをやらないかって。最初は、転職の誘いかと思っちゃったわ。でも、それがプロポーズだったの」

九年前といえば、このオフィスビルが崎田《さきた》商事の自社ビルから近野ビルに変わった時期だ。

「それまで長い間、仲のいい友達だったのが、いきなり夫婦だものね。でも不安もためらいも驚くほどなくて。恋人と呼べる期間はなかったけれど、彼はとても信頼ができる人だった」

変な話だが、そういう関係になろうと決めてから、友情は一気に愛情へと変わった。友達ではなく夫だと意識するほどに、愛《いと》おしくなった。

ふたりは公私共にパートナーになった。

クリニックの開業と、運営を軌道に乗せるのに忙しく、籍は入れたものの、結婚式を挙げるのは後回しになっていた。

明日美がとある患者からこのビルの屋上神社で結婚式ができるというのを聞き、篤史に話してみると、じゃあ式を挙げようということになったという。

それが七年前のこと。

「今ではこの賀上神社、縁結びにご利益がある神社ということになってるそうね。七年前はそんな話はなかったけれど――でも、夫婦円満が続くとは言われていたわ。結局、別れちゃった。式を挙げてくれた神主さんに申し訳ないわね」

「ここで式を挙げても、別れる確率は世間の離婚率と変わらないそうですよ」

「そうなの？」

「はい。ここの神主さんが言っていたのでたしかです」

苑子の言葉に、明日美は一瞬目を見開いた後、くすっと笑った。

「でも、あまり言わないほうがいいわね。ここで式を挙げたけど別れた、なんて。営業妨害だったりして」

「だから、離婚したことを周りに言っていないんですか？」

すると、明日美は少し落ち込んだような顔をして「そうじゃないの」と、ため息をついた。

「でも営業妨害は――そうね。彼もそう言ってたわ」

「院長先生が？」

「神社に対するものじゃないの。うちのクリニック」

夫婦で経営しているクリニック。アットホームで子連れも来やすい。それは、篤史自身が開業するにあたり、思い描いていた理想のクリニックだったそうだ。

「今思えば、その理想を実現するのにいちばん適していたのがわたしだったのかもしれないわね。そこに、きっと愛情は二の次だったのでしょう」

「そんな」

「だから離婚はしないって言われたわ」

離婚すれば夫婦経営ではなくなる。アットホームが売りなのにイメージだって悪くなる。営業の妨げになる。

「……離婚したかったのは先生――明日美先生のほうなんですか？」

「彼にとってわたしはやっぱり仕事上のパートナーなのよね。プライベートがうまくいっていなかったわけでもないんだけど」

結婚をして明日美の夫への感情が愛情に変わったほどには、彼の感情に変化はなかった。ずっと昔のまま。仲間内で仲が良かった時のまま。だから明日美は結婚式を挙げたいと訴えたのだ。何かが変われればいいと願った。

「でも、変わらなかった」

それが空《むな》しくなった。明日美が離婚したいと切り出したのは二年前。その理由を話しても篤史はなかなか理解してくれなかったという。

「彼にとっては何を今さらという理由だったんでしょうね」

そんなことはプロポーズを受けたときに了承済みだったことではないか。それが言い分だ。

「でも今年になって、ようやく離婚を受け入れてくれた。皮肉なことに、彼、外に女性ができたのよ」

「え」

「もうその相手と籍も入れて、一緒に暮らしてるわ」

慰謝料はなし。暮らしていたマンションから明日美が出ていき、今はそこに篤史と新しい相手が住んでいるという。

「それでも。離婚届を出しても、新しい相手と結婚しても、彼は一切それを周囲に話そうとしない。頑《かたく》なに隠しているの。知っているのはわたしと彼と……新しい奥さんだけかしら。あ、あと」

お役所の人、と明日美は冗談めかして笑う。

「口外はしない。わたしはこれまでどおり、関谷デンタルクリニックで医師を続ける。それが唯一の離婚の条件」

クリニックにはまだ結婚式の写真が飾られてある。

「そういえば待合室にある医師免許証の名前も関谷のままですね」

「免許証はいちいち氏名を変更しなくてもいいんですって。結婚したときに関谷に変えたけど、それも彼が夫婦並べて飾りたいっていうから変えただけ」

なるほど、あれもただ飾ってあるだけではなく、院長の中では夫婦経営アピールだったのか。

「あ、もちろん医籍はちゃんと旧姓に戻したわよ。でも」

わたしはもう、関谷明日美じゃないの。

ぽつりと明日美は言い、ため息をついた。

「それを、誰も知らない。スタッフたちも気づかない。夢にも思っていないでしょう。わたしたちがもう夫婦じゃないなんて。わたしたちの間に流れる空気は、きっと別れる前も別れた後も変わっていないのね。もともと職場にプライベートは持ち込まない主義だったけど、家に帰ったところで、彼のわたしに対する態度はクリニックにいる時とたいして違わなかったもの――ごめんなさい。関係のない瀬戸さんにこんなこと長々と聞かせて」

「いえ、あの――」

「ん？」

「先生が縁を切りたいのは、院長なんですか？」

頑固に離婚を公表しないという篤史から離れたいのだろうか。

「そうね」

と、手元の封筒に視線を落とす。

「こんなものも頻繁に届くし」

「ひょっとしてその手紙って、院長の今の奥様から……とか」

だから、宛先が明日美様、なのだろうか。

明日美は驚いたように苑子を見返した。ひと呼吸置いて微苦笑を浮かべ、「正解」と答えた。

「よくわかったわね」

正しくは千晶からの受け売りだが。

「そう。この手紙は、彼の新しい奥さんからの抗議の手紙なの。中身はいつも空っぽ。最初の二、三通は開けて中を確かめてたけど、途中から見るのもやめたわ。言いたいことは封筒の宛名に主張されてある。あなたはもう関谷じゃないって」

関谷を名乗るべきなのは自分だ。彼はもう自分のものだ、と。

「奥さんの気持ちもよくわかるわ。夫が前妻との離婚を隠しているってことは、自分との結婚も公表できないんだもの。もしかしたら、家族にも友達にだって言えていないかもしれない。祝福されるべきなのに、してもらえない」

「それは、つらいですね」

「でもそれをわたしに言われてもね。わたしだって離婚が成立してからも何度も彼に言ったわよ。こんなのは間違ってるって」

だが篤史は頑として首を縦に振らない。

そんな時だった。離婚をして数か月が経った頃だ。ローズピンク色の封筒がクリニックに届き出した。差出人も手紙の意図も、数通届くうちに気づいた。

明日美は思ったのだそうだ。

「これは、わたし宛てだけど、彼への抗議でもあるんじゃないかって」

「あ、だから院長の目につくように、ゴミ箱に――」

「え?」

聞いて、明日美は怪訝《けげん》そうな顔になる。

「すみません、あの手紙が診察室のゴミ箱にあるのを、何度か見ちゃって」

明日美と篤史は診察室のデスクを共用している。明日美はあの封筒を篤史に気づかせるためにわざと捨てたのではないか。

「あの人、夫婦間でもプライバシーは固く守る人なの。わたし宛ての手紙を読むなんてことは、たとえ封が開いてても絶対にしないし、それが葉書でも裏返して内容を見たりしない」

そもそもクリニックに届く郵便物はスタッフが明日美宛てと篤史宛てに分けるので、明日美に届いた手紙を篤史が目にする機会も少ない。

だがゴミならどうだろう。共有しているゴミ箱に入っていたら。

いやでも目に入る色。しかもシュレッダーにかけずにそのまま捨ててある封筒なら、逆に不用心だと手に取るだろう。そうしてちゃんと宛名の字を見さえすれば、それが今の妻の筆跡だと気づくかもしれない。

「さすがに気づいたんでしょうね。彼、わたしが捨てた封筒を、全部拾ってまとめてデスクの引き出しの奥に隠していたわ」

封をしたまま捨てていた封筒も、開けられていた。中身が何も入っていないことを知って、彼は何を思っただろう。

「何かを思ったから捨てられなかったんでしょう。でもまだ答えを出そうとしないの」

だから明日美は今朝、ここに封筒を持ってきた。

「ここで結ばれた縁だから、ここでなら切ってもらえるかと思ったの。この間、瀬戸さんが言ったでしょう？」

「え、わたしですか？」

「ここの神様がわたしたち夫婦のことを見守ってくれてるって。たしかに、わたしはここにお参りするたび、夫婦円満を願ってきたわ。……離婚するまでは」

離婚を切り出したのは明日美だ。明日美があのまま現状に満足していれば、夫婦円満な状態は今も続いていただろう。

「わたしはあの夫婦の形には満足できなかった。でも、おかしいけどわたし、離婚届を役所に出すその日まで、夫婦円満を祈っていたのよ。別れたいと言いながら、その寸前まで新しい夫婦の形を築けないか神様にお願いしていたの。でもだめだった。彼にはすでに彼女もいたしね」

離婚してからもこの神社を訪れてはいたけれど、祈ることは何もなくなった。ただ空虚な心のまま手を合わせていたという。

「でも瀬戸さんに言われて、やっぱりちゃんとここで落とし前をつけるというか——何が何でも何とかしてもらおうと思ったの。この、縁を」

今日の出勤前に思い立って、勢いのままに封筒をこの神社に放置したのだそうだ。

「どうしてその封筒を?」

「わたしと彼と、新しい奥さんと——ぐちゃぐちゃに絡まってる縁が、この手紙に集約されているような気がして。これをどうにかしてもらいたかったの。でも、さすがに置いてくるだけではどうしようもないわよね」

そう思い直し、戻ってきたところで苑子と鉢合わせをしたのだった。

「縁というか、それはもはや呪いですね」

ふいに声がした。言葉の不穏さからぎくりと肩を震わせたが、声音はいつもどおり穏やかだ。

「幹人さん」

鳥居の傍《そば》に幹人が佇んでいた。いつから掃除をしていたのか、竹箒《たけぼうき》とちりとりを手にしている。苑子も会うのは久しぶりだった。

「呪い……？」

幹人が神主だと理解したのか、物騒な言葉に明日美の顔が強張る。

「そんなもの、かけたつもりはないんですけど。ご主人——いえ、元ご主人はうちの神社の噂にとらわれているんでしょうか」

「そうかもしれません。ここで式を挙げたから夫婦仲は安泰。夫婦仲というより、クリニックの安泰を何より願っている。自分のクリニックを持つことが彼の念願だったから。理知的な人なのに、そういった目に見えないものに縋《すが》ったりするなんて変ですよね。わたしをパートナーに選んだ理由も、目に見えない愛情ではなくて、わたしの医師免許だったたっていうのに」

明日美は皮肉げに口の端を上げながら言った。

「離婚届を出して事実上、縁は切れているのに、ここで式を挙げたんだから切れていないって言い張るの」

　笑みが崩れ、泣きそうな顔で訴える。

「ねえ神主さん。どうか主人の呪いを解いてあげてください」

　幹人は明日美が持っていたローズピンク色の封筒の束を取った。

「縁は結ぶものであって、縛るものではありません。切るのもいいですが、それならほどくというのはどうでしょう。また新たな、別の縁を結べばいいのですから」

「別の縁？」

「関谷明日美さん、あなたも。——この封筒の束は責任をもってお焚《た》き上《あ》げしておきます。そう、元ご主人にもお伝えください」


　それから十日ほどして、明日美が受付カウンターに現れた。関谷デンタルクリニックを退職したのだという。院長には当然引き止められたが、強行突破したのだそうだ。

「新しい就職先も見つかったの」

　住んでいる場所に近い、下町の商店街の中にある昔ながらの町医者だという。

「設備は揃《そろ》っているけど、ちょっと古くてね。子どもの泣き声とお母さんが叱咤《しった》激励《げきれい》する声と、お年寄りが多い小さなところだけど」

忙《せわ》しなくて、良くも悪くも落ち着きがない。関谷デンタルクリニックとは真逆にあるような歯科医院だが、再出発にはちょうどいい、と明日美は清々《すがすが》しく笑っていた。

「抜歯もちゃんとできる歯医者よ。瀬戸さん、レントゲンを見るかぎり、親知らずはあと三本残ってるから。悪さをし出す前に抜いておくのもいいわよ」

「え」

「気が向いたらいらっしゃい」

新しく就職した歯科医院の名刺をカウンターに置き、明日美は去っていった。

「……びっくりよねえ。関谷さん、いわゆる仮面夫婦だったってことでしょう？」

名刺を見ながら千晶が言う。もちろん、そこには旧姓に戻った明日美の氏名が書かれてある。

「衝撃の告白に、クリニックでも大騒ぎだったそうよ」

産休も入れれば九年もここで受付をしている千晶は関谷デンタルクリニックのスタッフたちとも顔馴染みのようだ。

院長の篤史は予想以上に、しょんぼりとしているらしい。明日美が抜けた穴を、新しい医師で埋めないといけないのだろうが、今は不在のまま、ひとりで奮闘しているという。

篤史が懸念していたほど、夫婦経営解消の余波はないようだ。離婚の噂はしばらくされるだろうが、クリニックのクオリティさえ保たれれば、患者たちに不満はない。幼児にとっては女医のほうが恐怖心も少なく、明日美を慕っていた子どももたちもいたそうなので、そこは女性スタッフたちでカバーするしかないだろう。

いずれにせよ、これでもう、あの異色の封筒がクリニックに届くことはない。苑子が見かけることもない。歯も、疼かない。

「そういえば、最近、あのおじいちゃん、見かけないわね」

「え?」

「ほら、ハットを被った」

「そうなんです」

と、苑子も答えた。

朝、たまにビルの前を通る中折れ帽の老人だ。また散歩コースを変えたのだろうか。明日美も去り、老人も見かけなくなり、深まってきた秋の空気も重なって、なんとなく寂寥感《せきりようかん》に見舞われる。

ビルのガラス扉の向こうでは街路樹の葉も日に日に色づいて、時折強い風が吹けばはらりはらりと散る様も見てとれた。冬も間近だ。

たいしたトラブルもなく定時に勤務を終えたその日の終業後、オフィスを出ると同時にスマホが鳴った。画面に浮かんだその名を見て途端に胸が弾む。高鳴る鼓動を深呼吸で鎮め、苑子はスマホを耳に当てた。


約束の日は晴天だった。

七五三行事も一段落した十一月最後の日曜日。

江戸期に築かれ、国の特別名勝にも指定されている都立庭園の紅葉はまさしく見頃で、国内外問わず多くの観光客で溢《あふ》れていた。人の波に乗りながら、聞こえてくるのは日本語のみならず、それ以外の言語もあちこちで多く飛び交っている。たまに波に乗り切れず、つまずいて他人の背中に頭突きしそうになる苑子の手を、とうとう見かねたのか、幹人がそっと握った。

「陽人くんも連れてきてあげればよかった」

観光客には家族連れも多い。小さな子どもは木々を見上げるよりも、散って地面に落ちた葉っぱを集めるのに夢中だ。できるだけ泥のついていない、きれいな葉っぱを探している。そんな光景を見るにつけ、苑子の口から自然と陽人の名前が出る。

「紅葉ならうちの神社でも見られるからね。今日はあいつは留守番。ぶうぶう文句言ってたけど」

――ずるいずるい。ぼくも苑ちゃんと紅葉見たいのに

「ってね。あまりしつこいから、帰りに苑子を連れていくって約束させられた。まだ七五三の写真も見せてないって」

「お土産買っていってあげなきゃね。あ……でも」

「ん？」

幹人の父親はもう退院したのだろうか。それともまだ入院中なのだろうか。退院していたら、病み上がりのところにお邪魔するのはどうなのだろう。

「あの、お父さんは――」

思い切って訊ねたものの、言い淀《よど》む苑子を幹人は不思議そうに見返す。

「幹人さんのお父さん」

「うちの、父？」

「入院されてるんじゃ」

「入院……」

ほんの少し歩調を緩め、幹人は考え込む仕草をする。苑子に言うまいと、素知らぬふりをしている――ようには見えない。

「陽人くんが言ってたの。おじいちゃんが入院してるって。聞いたのはもう、一か月も前の話だけど」

すると幹人は合点がいったように、「ああ……そうか」と呟《つぶや》いた。

「幹人さん、何も言ってくれないから、訊いちゃいけないのかなって。お見舞いとか、考えたんだけど」

「心配かけてごめん」

幹人が謝る。

「でも、苑子が気にすることじゃないんだ」

「気にすることじゃないって」

苑子は無関係だというのか。何度も顔を合わせたことのある、好きな人の父親だというのに。幹人の言葉がショックで、苑子は黙り込んでしまった。こうして手を繋《つな》いでいても心は繋がっていないようだ。

「あのさ」

俯く苑子に、幹人は困ったような口調で声をかけた。

「たぶん苑子は誤解していると思う」

「誤解？」

「だから、その」

言葉を選ぶようにしばらく逡《しゅん》巡《じゅん》していたが、やがて何かを決心したように、

「そうだな。わかった」

自分をも納得させるように頷いた。

「この後、行こう」

「どこに？」

「病院。お見舞い」

やっぱりまだ入院しているのだ。陽人に聞いた時点で二週間ほど経っていると言っていたから、もう一か月半も。

「あの、どこが悪いの？　わたし、行っても迷惑じゃない？」

「大丈夫。来週、退院する予定だから」


親知らずの抜歯以来の藤咲病院は、休日のため外来診察はなく、ロビーはひっそりとしていた。面会に訪れた人々の姿がちらほらとあるだけだ。

病棟は東棟と西棟があるという。五階までエレベーターで上がり、西棟のほうへと向かった幹人の後を、苑子はおずおずとついていく。

「ここ」

病室の引き戸は常に開放されているようだ。中を覗くとベッドがカーテンで間仕切りされている。四人部屋らしい。

（あれ？）

病室に入る前に、苑子はネームプレートを確認した。ひとつは空きベッドなのか、入院患者の名前は三人分しか記されていなかったが、その中に松葉という姓の患者はいなかった。

「こんにちは」

幹人は右の窓際のベッドに近づいた。半分カーテンが閉じられており、入り口からは見えなかったが、幹人についてベッドの主を窺《うかが》った瞬間、苑子は頭の中が真っ白になった。

（え？）

頭の中に大量のハテナが飛び交う。

「やあ、幹人くん」

「お加減はいかがですか」

「悪くないよ」

ベッドの上で座りながら穏やかに笑うのは、幹人の父親ではなかった。同じ年代の老人ではあるが、まったくの別人だ。

いや、それより。

「やあ、そちらのお嬢さんも」

老人がにこやかな笑みのまま、苑子のほうを見向く。

苑子もまた、老人のことをよく知っていた。いつもとは風貌がまったく違うし、苑子の知っている老人よりはかなり痩せているが、それでも、顔馴染みと言ってよい相手だった。

「ご無沙汰してます」

だがそうとしか言えない。苑子は老人の名前すら知らないのだから。ベッド脇の台に目を遣る。見慣れた中折れ帽が、そこに置かれている。

「苑子、知り合いなのか?」

幹人が驚いたように両者を見た。

「よく、近野ビルの前を散歩されているの。最近、お見かけしないなって。でも――」

なぜ、その中折れ帽の老人がここにいるのだろう。なぜ幹人は苑子をここに連れてきたのだろう。

(え、待って)

陽人はおじいちゃんが入院したと言い、そして幹人は苑子を連れてきた。

「苑子。この人は向井《むかい》さんといって、美由紀のお父さんなんだ」

美由紀――幹人の亡き妻。その、父親。

だから、陽人の祖父。そういうことか。

狐につままれた心地の苑子だったが、それが一体どういうことか、じわじわと胸に迫ってくるものを感じた。

老人が松葉家の親類であるのなら、本宮への道に迷うなどということはありえないだろう。苑子の表情に気づいたのか、老人が静かに語った。

「あのビルのある町の隣町に住んでいるのは本当。散歩コースにしているのも本当。だが、お嬢さんとの出会いはわしが仕組んだもの」

すまんね、と向井老人ははかなげに微笑んで頭を下げた。

「いえ、そんな」

「気になってね。陽人がいう、『卵焼きのおねえさん』とやらがどんな女性か」

美由紀が亡き後も、向井老人は時折、孫の顔を見に賀上神社本宮を訪れていた。その陽人の口から出てきた若い女性の存在。どうやら幹人とも親しくしつつあるらしい。そうだとしたら、いずれ、もしかしたら、孫の新しい母親になる女性かもしれない。そう思ったら、自分の目で確かめてみずにはいられなくなったという。

「最初はドアの外から様子を見るだけのつもりだったんだが、よほど不審だったのか、お嬢さんが出てきて、いかがされました、とね」

図らずも、言葉を交わす羽目になった。丁寧に道を教えてくれ、その後も、顔を合わすとガラス越しに挨拶をしてくれるようになった。

それも最初は驚いたのだという。

「よくある背格好のよくいる年配の男だ。一度道案内をしたからといって、顔を覚えられることはないだろうって思っていた」

一度ならず二度までも向井老人が近野ビルの前で苑子を窺ったのは、陽人の呼び方が卵焼きのおねえさんから苑子おねえちゃんに変わり、その距離が縮まっていくのと共に、言い知れぬ寂しさが募って居ても立ってもいられなくなったからだ。

「娘が——美由紀の存在が陽人の中から消えてしまうのではないかと」

最初の道案内から数週間は経っていたはずだった。

だが、苑子はひと目で向井老人があの道に迷っていた老人だと見抜いた。中折れ帽は冬物から春物へ、色は濃い茶色から薄いグレーへと変わっていたのに。

「それだけではないけどね」

と、老人は幹人を見上げて言った。

「よいお嬢さんだね」

「はい」

苑子の横で幹人が答えた。あまりに即答だったので苑子のほうが照れた。ちらりと見上げると、そこにはとても真剣な幹人の横顔がある。ふっ、と老人が淡く息を漏らし、小さく頷いた。

「びっくりした」

「だろうね」

病院からの帰り道、ふたりはバスには乗らず、ゆっくりと歩いて陽人が待つ本宮へと向かっていた。

「でも、たしかに、陽人くんのおじいちゃんよね。そのとおりだわ。わたしが勘違いしただけで」

「陽人はうちの両親のことは『じいじ』『ばあば』って呼ぶんだ。向井の祖父のことは『おじいちゃん』って呼ぶ」

向井老人の妻は早くに亡くなり、今はひとりで暮らしているのだそうだ。

「苑子に言ってなかったのは、そもそも、言うべきことかどうかわからなかったし、言っても困るかなと思ったから」

亡き妻の父親。苑子には関わりの薄い人物だ。

「でも、会ってもらってよかった。関わりが薄くても、まったくない人じゃない。陽人の祖父だから。苑子は――」

と、そこで幹人は言葉を止めた。

「なに？」

「また、今度ちゃんと言う」

途中で陽人が好物だという近所の洋菓子店「ムッシュ・カスガ」のバウムクーヘンを買う。

本宮に戻るとすでに夕方で参拝客の姿はなく、陽人がひとり境内で遊んでいた。サッカーボールでリフティングをしているが、なかなか続かず、あちこちにボールが転がっていく。つい最近、町内の少年サッカーチームに入ったとは聞いていた。

何度目かのチャレンジで、ボールが苑子の足元まで飛んでくる。

「あっ、苑ちゃん、パパ」

「こら、陽人。境内でボール遊びは禁止だろ」

「それ！　ムッシュ・カスガの紙袋！　バウムクーヘン？　ねえ、バウムクーヘン？」

陽人の目はボールよりも苑子が持っている洋菓子店の紙袋に釘付けだ。

「苑ちゃん、早く中に入りなよ。一緒に食べよ。あっ、写真も見せてあげる！」

陽人が手を伸ばす。サッカーボールでもなく、洋菓子店の紙袋でもなく、小さな手は苑子の手を取った。

「行こ」

苑子を引き連れ、ずんずん社務所奥の母屋へと向かう。

もう手を引かれなくてもわかるほどここへも来ている。それでもいまだ緊張する場所には違いない。陽人の手が導いてくれるのはとてもありがたいことだった。

「ばあばー、苑ちゃん来た！　バウムクーヘンも！」

「あら、いらっしゃい」

台所で夕食の支度をしていたらしい幹人の母親が何か炒《いた》め物をしながら振り返る。

「お邪魔します。すみませんお忙しい時間帯に」

「いいのよ。晩ご飯食べていくでしょう？」

「え、あ、いいんですか」

「何、今さら遠慮しなくても。ああ、ありがとうね。ここのバウムクーヘンはおいしくてね。わたしも大好きなの」

「よかったです」

「陽人、バウムクーヘンは晩ご飯のあとだからねー」

「えええー。じゃあ、苑ちゃん、こっち」

「え？」

「写真！　ここ座って」

とりあえず紙袋を手渡したものの、息つく間もなく、コートを脱ぐタイミングも逃したまま、陽人が応接間のソファの座面をぱんぱん叩《たた》くので、台所に向き直った幹人の母親の背中に恐縮しながら腰を下ろす。

陽人がどこかから薄い二つ折りの台紙アルバムを二冊出してきた。写真館で撮影した記念写真だ。

「これが、三歳のときの」

ソファの隣に座った陽人が記念写真を開く。苑子は気づかれないように呼吸を整えた。わかりきったことだが、そこには家族写真がある。まだ実際には二歳の陽人と、今より六歳若い幹人とそして。

苑子はまず中央の陽人を見た。少し大きめの着物と袴を着けて、写真の真ん中に立っている。

二歳の陽人の片方の手は着物姿で椅子に座っている女性の膝上の手を握っていた。

ゆっくりと視線を上にあげる。

幹人の亡き妻、陽人の母親の顔を、苑子は初めて見た。

苑子は母屋のこの応接間、台所、そして陽人の部屋しか見たことはないが、そこに彼女の写真は置いてなかった。いや、もしかしたら置いてあるのだろうか。苑子が無意識に視界に入らないようにしていたのかもしれない。

「陽人くんのママ、きれいだね」

ごく自然にそんな言葉が出てきた。薄い紫色の着物を着て椅子に座る姿は楚々《そそ》とした佇まいで花のようだった。

むしろ、苑子はその横に立つ同じく着物姿の幹人を見るほうが勇気を要した。完璧な家族の中にいる幹人。きっと、自分はとんでもなくダメージを食らう。そんな気がする。

「パパは？」

「え？」

「パパもかっこいいでしょ？」

陽人に促されて腹を括《くく》り、幹人を見る。

「うん。かっこいい。若いね」

実をいうと、そんなに今と変わっていないようにも見える。六年前。今の苑子より少し年下だ。

「で、こっちが五歳の。ほんとは四歳だけどね」

次はもう平常心で見られるはずだと少し力を抜いて写真を覗き込む。こっちの陽人が着ている着物と袴には覚えがあった。前に幹人が見せてくれた自分の七五三の着物、袴と同じだった。代々受け継がれてきたものなのだろう。

美由紀はほんのりとした薄緑色とも薄青色ともとれるような着物だった。だがその面差しを見て、愕然《がくぜん》とする。ひどく痩せ、顔色もあまりよくない。それでも笑顔は穏やかで美しかった。

幹人は、今よりも年を重ねているように見えた。四年前、この時期、彼女はもう発病していたのだ。幹人も心身共につらい日々を送っていたのだろう。

「これね、ママが写ってる最後の写真なんだ」

「そうなんだ」

ほかに、何と答えればよいのか。

四年前——彼女が亡くなったのも四年前だと聞いている。

きっと、この時からそう遠くない時期に。

「でも最後に一緒に写真撮れてよかったんだよね。ね、パパ」

いつのまにか幹人も応接間に来ていた。

「そうだな」

苑子と陽人の様子を、幹人はどのように見ていたのだろう。台所に立ち背中を向けている幹人の母親にも、ふたりの会話は聞こえていたはずだ。

同じような会話を、折に触れて家族でもしているのかもしれない。

亡き彼女を偲《しの》びながら、最後にこうして陽人の晴れの日に一緒に写真が撮れてよかったのだと。

日常の会話の中に、今も彼女は普通に存在している。その会話の中に自分もいる——いても良いのだろうかと考えてしまう。

この家族写真を、陽人が苑子にずっと見せたがった意味はなんだろう。

「苑ちゃん」

「ん？」

「次のお祝いはね、成人式なんだって」

「うん。そうだね」

「だから苑ちゃん、一緒に写真撮ろうね」

「え？」

「ぼくの成人式」

何の意図もなさそうな瞳で、陽人が苑子を見上げている。苑子は少し困って幹人を見た。夏祭りの時のように、来年の約束をするのとはわけが違う。いや、陽人の中では夏祭りも成人式も同じ括りなのだろうか。

幹人は何とも言えないような笑みを湛《たた》えている。幹人の母親は聞こえぬ素振りで料理を続けている。

（頷いていいの？）

迷いに迷ったまま、それでも苑子は小さく頷いた。

縁つむぎ

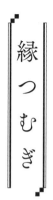

1

「バイト先の先輩のマツシタさんと両想《りようおも》いになれますように！」

ちゃりんちゃりんと小銭が賽銭箱《さいせんばこ》の中に吸い込まれる音に続いて、ぱんぱんっと力強い柏手《かしわで》が二回、響き渡った後、これまた威勢のよい少女の声音で願い事が高らかに唱えられた。

「あれ、拍手って二回でよかったっけ。三回？」

願い事をした少女の声が一転、つと不安げに揺れる。

「拍手じゃなくて柏手でしょ」

「てか、願い事、口に出すのかよ。そういうのって心の中でひそかに唱えるもんじゃねえの？」

鋭い突っ込みは別の少女のものと、少年のもの。

「え、そうなの？　声に出したほうがちゃんと神様に届くっぽくない？」

その問いには誰も答えず、

「次、あたしの番」

そんな素っ気ない声音と共に次のお賽銭が投げられた。投げたというよりも賽銭箱の投入口に小銭を滑らせたのか、小銭が箱の底に落ちたときの音だけが聞こえた。柏手も控えめに、願い事はもちろん他人には聞こえてこない。

「次、俺」

いったいいくら投入したのか、バラバラと小銭が投入口で多方向にばらけながら落ちていく音が聞こえる。最初の少女とはまた違った感じの力のこもった柏手。

こうして耳で聞いているだけでも、お参りの仕方は千差万別。作法は同じでも、性格が出るものなのだろう。

（……別に盗み聞きをしているわけじゃないし。聞こえてくるだけだし）

誰にともなく言い訳をしながら、苑子はお弁当を食べる。強いて弁解をするなら隣に座っている幹人にだろうか。何も聞こえていないように苑子の作ったおかずを食べている。苑子に聞こえているなら彼にも聞こえているはずだけれど。

ふたりがランチをしているのは四角い設備機器の建物の陰だ。隠れているつもりはなく、座れる場所がそこしかないだけだが、少年少女たちがお参りをしている賀上神社からはちょうど死角になっていた。お互い姿は見えないが、声や音は聞こえてくる。

「ずるい。ふたりはあたしの願い事聞いてたのに、自分たちは秘密にして」

「勝手に声に出したんじゃないの」

「むぅー」

「それに、カスミの願い事なんて今さらでしょ。いつもマツシタさんマツシタさんてうるさいくらい聞かされてるし」

「のんちゃんはさー。彼氏いるじゃん。サッカー部レギュラーのキラキラ彼氏」

「元ね。もう引退したし」

「どっちでもいいよ。それで何をお願いしたのよ」

「内緒」

「だからずるいって。——あ、じゃあコウタは？」

「教えねー」

「とか言って。例のあのひとでしょ。年上の。ね、どんなひと？　何歳年上？　中学の時に家庭教師してくれてたんだっけ」

「違《ちげ》ぇわ」

「塾の先生でしょ。英語の先生」

「何でのんちゃん、そんな詳しいの」

「どっちでもいいだろ。俺らこれでも受験生なんだからな。いろいろあるだろ、神頼みするにも」

「何言ってんの。ここは縁結びにご利益がある神社だって聞いたから来たんじゃない。だいたい、言い出しっぺはコウタじゃん。ここの屋上に神社があるって」

「……うるせー」

「受験のこの時期に、バイトやってるカスミにもびっくりだわ」

「もうっ。ふたりとも話をそらして。秘密主義すぎる。やっと今日期末試験終わったのにまた勉強の話とかやだやだー」

「だからあたしら受験生だってば」

「だってクリスマスまで三週間だよ。それまでにマツシタさんと両想いになりたいよー」

どうやら三人は高校生らしい。何だか会話だけでも青春という文字が浮かんで眩《まぶ》しい。お参りの仕方には性格だけではなく、願い事の切実さも表れていたのかもしれない。

「でもさ。カップルの願い事だったら、あれだよね。ずっとラブラブでいられますようにに、くらいしかないよね」

だが友達ふたりに相手にされなくても、カスミと呼ばれている女子高生はめげずに恋愛トークを続けるようだ。

「ずっとなんて無理でしょ」

またものんちゃんがつれない返事をした。

「ええっ、なんで」

「だって、あたしら、まだ十八だよ。この先、まだまだ新しい出会いも縁もあるでしょ」

「のんちゃん、そんなあ。高校生カップルがそのままゴールインとかすごいじゃん。少女漫画の王道じゃん」

「めったにないから漫画になるのよ」

「もう、のんちゃんてば、クールすぎる」

聞いていたら、苑子までのんちゃんの願い事が気になってきた。もちろん、訊《き》けやしないのだが。

「……苑子」

知らず神社のほうに耳を澄ませていた苑子だったが、急にその耳元で幹人の囁《ささや》き声がしたので、

「はいっ、な、なんですか」

驚いて腰が半分、浮いた。

苑子の反応に幹人が噴き出す。最近、よくあるパターンだ。何かと苑子を驚かせ、戸惑わせ、苑子のリアクションを興味深そうに眺めている。

「苑子があんまり真剣に向こうの会話を聞いてるから」

「びっくりするじゃないですか」

「あ、また敬語になってる」

「だからそれは」

「はい、これ」

そして毎度のことながら、お菓子で黙らされる。今日、差し出された個包装のパッケージは苑子でも知っている有名和菓子店のものだ。

「生クリーム入りどら焼き」

「苑子、わかりやすい」

「え」

「声が弾んでる」

「そ、そう？」

持参したマイボトルからお茶を注《つ》ぎ直す。ちょっと奮発して買ったボトルは優秀で、朝方入れたお茶は六時間以上経《た》ってもまだ湯気が立っている。

（熱いお茶とどら焼き。最高。それに）

十二月の寒空の下、何を好き好んで外でお弁当を食べているのか、ひとりの時はいつも自問せずにはいられなくなるけれど、今日は隣に大好きな人がいる。寒くなるごとに、距離は縮まって、今はお互いの腕が触れるくらいだ。

「あー、こんなとこでいちゃこらしてるー」

食後のデザート、人肌の温もりに至福を感じていると、ぬっと人影が苑子の前に立ちはだかった。

「あ。有来《ゆき》ちゃん」

須田メンテナンスでビル清掃員のバイトをしている山内《やまうち》有来だ。

普段は女子らしい服装にネイルまでばっちりの現役女子大生ながら、仕事中はつなぎの作業着に身を包み、どんな汚れも知識と手際の良さでさっと取り除く凄腕《すごうで》清掃員である。

「別にいちゃこらはしてません」

「いいんですよ。いちゃこらしても。休憩中でしょう？　ねえ松葉さん」

苑子が否定するも、有来が幹人に同意を求める。

「山内さんでしたっけ。今日はいつもより重装備ですね」

幹人は否定も同意もせず、有来の出《い》で立《た》ちを指摘した。

言われてみれば、つなぎの上から肩や胴回り、腰回りに頑丈そうなベルトを巻いており、いつもはキャップを被《かぶ》っているのに今日はヘルメットだ。そもそも通常はビル内を清掃している有来が屋上に何の用だろう。そりゃあ、屋上も神社以外は清掃しなければならないのだろうが、はたしてその重装備は。

「今日と明日、ビルの窓掃除なんです」

「窓掃除？」

朝から作業をしていて、ちょうど昼休憩から戻ってきたところらしい。有来に遅れること数分、同じ重装備をした男性たちが数人、屋上に現れた。

有来が屋上の手すりを見遣《みや》る。数か所で太いロープがとぐろを巻いている。

「え、ひょっとして屋上から降りて？」

「もちろん」

青くなる苑子に、有来は当然のように答えた。

「あれだよね。ゴンドラみたいなのに乗って」

「残念。うちのビルは屋上入れても十一階建ての中規模ビルだからゴンドラじゃなくてブランコです」

「ブランコ……」

「ロープで吊《つ》るされて、こう」

有来がジェスチャーで説明する。

「それって風が吹いたら揺れるんじゃ」

「そりゃそうですよ。ブランコだもん」

「だ、大丈夫なの？」

「大丈夫ですよぅ。ちゃんと研修も受けたし、今日でもう四回目か五回目だし。心配しなくても隅々までぴかぴかにしてきまっす。じゃっ！」

安全面を懸念する苑子と、仕事の完璧さをアピールする有来の会話は完全にずれていた。有来は、とん、と胸を叩《たた》き、駆けていく。

「彼女は心からこのビルを大切に思ってるんだろうね」

幹人が言った。

「うん」

両親が離婚し、今は山内と名乗っているが、有来はもともと崎田有来だった。このビルを自社ビルとして建てた崎田商事の前社長の孫娘だ。幼い頃、今は亡きその祖父を訪ねてよくビルに遊びに来たと言っていた。大切な想い出の場所なのだろう。

ロープを手に安全装置を確認し、手すりを乗り越えた有来を、苑子ははらはらしながら遠目に見守った。気づいた有来が苑子に大きく手を振り、ピースサインを残して、下降していく。

入れ違いになるように、設備建物の横を三人組が横切った。

お参りに来ていた高校生たちだ。黒髪セミロングの少女と少し茶色くした髪のボブの少女。軽やかなステップではしゃいでいる茶髪ボブの少女がカスミだろうか。

（寒くても素足に膝上スカートは女子高生の特権だなあ）

などと十歳年を取った苑子は思う。

ふたりの後を、風のせいか髪の毛がボサボサになった少年がひとりぼんやりとついていく。ぐるぐる巻きのマフラーで口元まで覆い、ポケットに手を入れて猫背気味に歩いていた少年がふとスニーカーの足を止め、賀上神社を振り返った。

「コウター行くよー」

茶髪ボブの少女が屋上の出入り口で手を振る。声はやっぱりカスミのものだった。コウタはそれでも歩調を変えず、とぼとぼと少女たちを追った。

「見かけない制服だな」

よくある紺色のブレザーにグレーのプリーツスカートもしくはズボン。だが幹人いわく、近くの都立高校の制服ではないという。

「言われてみると、駅で見かける高校生たち、男の子は詰襟だし、女の子はチェックのスカートだったような」

「そう」

ということは、彼らはわざわざこの賀上神社に参拝するために電車かバスに乗ってやってきたのだろう。そういえば言い出しっぺはコウタだと言っていた。

「みんなの願い事、叶《かな》うといいね」

「僕に言われても」

「神主さんは願う人と神様を繋《つな》ぐ人なんでしょう？」

「……まあね」

「これからの時期、ますます忙しくなるね」

十二月に入ったところだが、神社は年末に向けてまっしぐらに忙しくなっていくだろう。

「正月から節分までがいちばんの繁忙期だからね」

「節分？　豆まきが忙しいの？」

幹人が鬼の面を被り、陽人が豆をまきながらはしゃいでいる光景が目に浮かんだ。だが幹人の心底驚いた顔を見ると、違うようだ。

「厄祓《やくばら》いにいらっしゃる人が大勢いるんだ」

「厄祓い？」

「そう。厄は新年から節分までに祓うのがいいとされているんだ」

こういう知識はうっすらぼんやりとしか苑子の中には根付いていない。毎年正月に初詣に行き、節分には豆まきをするのが子どもの頃の習慣で、お彼岸やお盆にはお墓参りに行く——知識というより単なる行事でしかない。神様と仏様、神道と仏教の境界線すらあやふやだ。

（でも幹人さんはそういう世界の中で生きてきた人なんだなあ）

別の世界に生きている。ときおり、そう痛切に感じてしまう苑子だった。

だがそういう世界の人だという苑子の身構えを、いとも簡単に崩して手招きしてくれる存在がある。

「そーのーちゃん」

ロビーに元気のいい声が響き、ぱたぱたと足音を立てて小さな体が受付カウンターに直行してきた。

「陽人くん」

背中のランドセルが左右に揺れ、横に吊るされたお守りやらキーホルダーも賑《にぎ》やかに揺れる。

「学校の帰り？」

「うん」

カウンターの向こうから顔だけを出した陽人がこくんと頷《うなず》く。思い返せば陽人と初めて会ったのもこの受付カウンターだ。その時はまだ幹人の息子だとは知らなかったが、カウンターからは顔の上半分しか見えなかった。

あれがちょうど一年前。

「陽人くん、背、伸びたねえ」

しみじみと成長を思う。

「どうしたの、急に。あ、苑ちゃん、これ」

「ん？」

陽人がカウンターの上に何かを置いた。赤と緑の紙を使って手作りしたような封筒だ。

「招待状」

「招待状？」

「うん。クリスマスパーティー。うちでやるから苑ちゃんも来て」

「いつ？」

「十二月二十四日の夕方六時」

封筒を開けて中を見ると、日時と場所が書いてあった。添えられたサンタの絵もなかなか上手《うま》い。

「苑ちゃん、ほかに予定ある？」

「ない」

即答できるのも少し悲しい。幹人からのお誘いは今のところなかった。そもそも神職者はクリスマスをどう過ごすのか。神主の息子である陽人は普通の子どもらしく過ごすようだが。

（でも、うちってことは本宮よね）

松葉家のクリスマスパーティーならば当然、幹人もいるのではないか。

「うん。行く」

「やったあ。じゃあね」

陽人は嬉々《きき》として帰っていった。

「あら、今の、松葉さんとこの陽人くん？」

入れ違いに、休憩を終えた千晶が戻ってきた。

「はい。あ、倉永さん」

「なに？」

「小学二年生の男の子って、何をもらったらうれしいんでしょう」

招待状を見せながら訊《たず》ねる。千晶には陽人より三つ下、五歳の息子がいる。

「クリスマスのプレゼント？」

「はい」

「そうねえ」

考え込んだのも一瞬で、千晶は次々と巷《ちまた》の流行《はや》り物を挙げていく。王道はテレビで放送中の戦隊ヒーロー、仮面ライダー、人気のアニメのキャラクターグッズ。ゲームのソフト。

「キャラクターだけでもいっぱいあるんですね」

「でもちゃんと松葉さんにリサーチしたほうがいいわよ。好きなキャラクターもあるでしょうし、サンタさんと重なると困るから」

サンタさん――すなわちパパからのプレゼント。陽人は果たしてサンタの存在をまだ信じているのだろうか。


翌日の昼休み、苑子はつい最近どこかで見たような猫背気味の背中と遭遇した。ビルの階段室で、おそらくは地下二階から上ってきたであろう彼は、須田メンテナンスのある地下一階から階段室に入った苑子の後から上ってきて、すぐに追い抜いていった。

その姿は上下ビジネススーツに革靴だった。

だから、それが昨日屋上で見かけた男子高校生だと気づくのに少しかかった。

苑子を追い越して階段の角を曲がるときに顔が見え、昨日の彼――コウタだとわかった。今日は眼鏡をかけているが間違いない。服装が違うとずいぶん雰囲気も変わるものだ。奇妙なもので、制服姿の時は大人びて見えた面輪も、今日はどこか幼く見えた。ビジネススーツを着慣れていないのが一目瞭然で、その年不相応さが幼さを浮き上がらせたのかもしれない。

　男子高校生の体力脚力は当然、苑子の及ぶものではなく、二段飛ばしで階段を上がっていくその姿はたちまち遠ざかって消えていったが、目的地は一緒だったらしい。午前中の業務が長引いて休憩に入るのが遅くなったため、いつも以上の空腹と闘いながら彼に遅れることたぶん一分ほど。

　苑子が屋上に辿《たど》り着くと、コウタは神妙な顔をして祠《ほこら》の前で手を合わせていた。

「あ」

　あまりにじっと苑子がその様子を見ていたので、コウタに気づかれた。怪訝《けげん》そうな顔で苑子を見返し、それからはっとしたように鳥居から出てきて、苑子に道を譲るような仕草をした。

　自分の参拝が終わるのを待っていたと思われたようだ。苑子も毎日、お弁当を食べる前にお参りするのが日課なので間違いではない。

「あの」

「え」

「昨日も、お友達と来てましたよね」

　苑子が話しかけると、コウタの顔がみるみるうちに強張《こわば》った。

「あ、ええと。昨日も見かけたので。わたし、お昼は毎日、ここに来るんです」

「はあ……」

警戒の表情は解けることなく、それに困惑の色が上塗りされる。

「昨日は、ゆっくりお参りできなかったから。本当はひとりで来るつもりだったのに、あいつらがついてくるって」

それで今日、もう一度参拝しなおしにきたというわけか。

たしかに、昨日は賑やかだった。彼としては心を静めて、真摯に神様と向き合うつもりだったのだろう。ということは、今日、またしても苑子がその邪魔をしてしまったということだろうか。

「あ、あの。ごめんなさい」

「え?」

「わたしも邪魔しちゃった」

「いえ、いいんです。じゃ」

コウタはそそくさと逃げるように神社を立ち去った。

(ああ、悪いことをしてしまった……)

もしかしてスーツ姿に革靴は彼なりの正装だったのだろうか。それほど真剣な神頼みだったとか。昨日の今日だ。試験が終わって、学校は休みなのかもしれないが、受験生なら勉強する時間も惜しいだろうに、続けてお参りにやってきたということは、よほどの願い事なのかもしれない。

「――苑子サン、若い男子をナンパですか」

どこから見ていたのか、呆《あき》れ顔の幹人が現れた。時間が遅いからもう会えないと思っていた。

「幹人さんっ」

苑子は縋《すが》るように幹人を見た。

「さっきの男の子の願い事、ちゃんと叶えてくれるように神様にお願いして」

「は？」

「だからコウタくんの願い事」

「コウタくん？」

「昨日の高校生、今日も来てたの見てたんでしょう？　わたし邪魔しちゃったから悪くて」

すると幹人は不思議そうな顔をしながら、もう一度「え？」と苑子に問い返した。

「さっきの若い男って、もしかして昨日の高校生？」

「見ればわかるでしょう？」

「いや、わからなかった。制服じゃないし、眼鏡かけてたし、髪もボサボサじゃなかったし」

「それは神様に会うためにちゃんと身なりを整えてきたんだってば」

聞いて幹人は苑子を眺め、つくづくと言った。

「……そうか。苑子は人の顔を覚えるのが得意だったね。普通は気づかないと思うけど」

「え？　そう？　じゃあ、だからああいう反応だったのかな」

思わぬ人に自分の顔を覚えられているということが時には恐怖になる——自分の身に置き換えてみればわかることなのに、たまにそれを忘れてしまう。

苑子はコウタの参拝を邪魔し、無駄に恐怖を与えてしまった。二重にひどい仕打ちをしてしまったというわけだ。

「幹人さん、やっぱりコウタくんの願い事、率先して叶えてあげて」

泣きつく苑子を、幹人は軽くいなした。

「彼は、まだ願い事を唱えてないよ、たぶん」

「どういうこと」

「迷ってるんじゃないかな。答えが出てないから願う事も決まらない。たまにいるんだ、そういう顔をした参拝者」

「そんなの、顔を見ただけでわかるの？」

「うっすらとね」

「すごい。神主さんというより、占い師みたい」

苑子が目を丸くすると、幹人はふっと口の片端を上げて、悪ぶった笑みを浮かべた。ただの神主とビルの受付担当の関係だった頃には見せてくれたことのない表情だ。

「信じた？」

「嘘《うそ》なの？」

「どうかなあ」

「たぶん幹人さん、壺《つぼ》を売ったら法外な値段でも買う人いっぱいいると思う」

「なにそれ」

「そう言ってた人、前にいたから」

「誰？」

「教えない」

言っていたのは苑子の元カレだ。迷いがあったときにここで幹人と話したらすっきりしたと憑《つ》き物《もの》が落ちたような顔をしていた。だから幹人が人の心の何かを見抜けるというのは本当なのだろう。それが経験から身につけたものなのか、もともと持っている力なのかはわからないけれど。

2

終業後の女子更衣室で有来が休憩用のベンチに座り、項垂《うなだ》れていた。ずいぶん疲れているようだ。

「有来ちゃん、お疲れさま」

たしか今日も窓清掃だと言っていた。高所での労働に抵抗はなさそうな有来だったが、心身共に重労働には違いない。

だが、それだけだろうか。

白いニットと薄いピンクのスカートに着替え終えた有来はしょんぼりと肩を落としているようにも見えた。

この季節、日の入りも早くなって四時半にもなれば薄暗くなってくるので作業はそれまでには終わっていただろう。その後にビル内清掃があったにしろ、とっくに帰宅していてもおかしくない。

苑子が声をかけると、有来はぱっと顔を上げ、

「千晶さん、苑子さん」

途方に暮れたような顔で千晶と苑子を見つめた。

「どうしたの？」

どうやら苑子たちが仕事を終えて戻ってくるのを待っていたらしい。

「不審者がいたんです」

開口一番、有来は言った。

「え、どこに？」

不審者という言葉に、すかさず反応したのは苑子だ。

「五階の空室」

「五階――一か月くらい前まで『クラン』さんが入ってたところね」

千晶がジャケットを脱ぎながら答える。

「輸入食品の卸売業者でしたよね」

若い女性ばかりの従業員が五人ほどの小さな会社だったはずだ。業績悪化により会社を畳むことになり、ビルを出たのだと聞いた。

「今日、窓掃除をしてたら、誰もいないはずのその空室に人影が見えて」

「窓の外から？」

「はい。たぶん、男の人と女の人、ふたり」

窓にはブラインドが下ろされていた。それでも清掃をするために窓に近づくと、その隙間から中の様子が見えてしまう。

「覗《のぞ》いたわけじゃないんですよ。見えてしまったんです」

逆に空室ではなく、オフィスが入っている場合も気まずい。ブラインドやカーテンは全開だから、内部が丸見えだ。働いている従業員のほうも清掃員が気になるらしく、窓越しによく目が合ってしまうという。

有来自身はロープに吊られ、ブランコに揺られている状態だ。どうにもできないので、携帯電話で屋上にいる現場監督に報告した。

「でもうまく伝わらなくて、取り合ってもらえませんでした」

「そうなの？　管理会社の社員のくせにセキュリティの呪いにはかかってないのね」

「倉永さん、そのセキュリティの呪いってフレーズ好きですね」

「だって、最近わたしにまでかかってくるんだもの。派遣社員なのに」

苑子の言葉に、千晶は束ねた髪をほどき、手で整えながら答えた。忌々《いまいま》しそうに、そして少しだけ楽しそうに。

「一応、その現場監督も須田メンテナンスの契約社員なんですけどね」

管理会社である須田メンテナンスには大きく分けて二つの部門がある。セキュリティ部門とメンテナンス部門だ。メンテナンス業務専門の社員はセキュリティ関係にはさほど神経を尖《とが》らせない。というか、ほぼ無関心なのだそうだ。

仕方なく、直接須田メンテナンスのオフィスに連絡したのだが、みんな出払っていたのか誰も応答してくれなかったのだという。

「男女の人影ってどんな？」

千晶は有来の話に耳を傾け、疑問を口にしながらも、てきぱきと帰る身支度を整えていく。それを見て、苑子はまだ制服姿のままだったことに気づき、慌ててロッカーの扉を開いた。

「どんな――普通に会社員風の男の人と女の人です。窓からは離れてて、顔ははっきり見えなかったからシルエットしかわからないけど」

空室の出入り口付近にふたりは立っていたという。

「若いとか年配とか」

「男の人はわりとすらっとしてたような。女の人は――若かったんじゃないかなあ。けっこう短めのスカートはいてたから。膝上の。色は……はっきりとは」

「髪の毛は？」

近野ビルで働く従業員の顔と名前と年齢はほぼ頭の中に入っているらしい千晶は、ロッカーの扉裏に設置された鏡で化粧直しをしつつ、有来から聞き出したデータと記憶を照らし合わせているようだ。

「女の人はよくあるセミロングで、男の人も何というか、普通の髪型です」

だが、さすがにそれだけの情報では当てはまる従業員はわんさかいるだろう。そもそも空室にいた不審者だ。外部の人間というのも十分ありうる。

「そのふたり、何か揉《も》めてたみたいなんですよね。言い合いをしてたというか」

それはそれでただの清掃員である有来にも無関係だが、問題は、きちんと施錠されており、関係者以外は出入りできないはずの空室に人が入り込んでいるという事実だ。

「でも、窓掃除が終わるまでは身動きできないから」

事後報告でもやむなし、と有来はとりあえず窓の清掃をきっちり終えて、地上に降り立った。

「で、真辺部長に報告したの？」

帰り支度を終えた苑子たちは、場所をオフィスのミーティングルームに移した。

「それが」

と、有来がオフィスを見渡す。

「部長、今日は早くに上がられたみたいで」

いつもならまだこの時間は残業をしている真辺の姿がない。有来が業務を終えてオフィスに戻ってきた時にはもう退社していたそうだ。

「部長、どうやら藤咲病院に通ってるそうなんです」

有来はふたりに顔を寄せ、そこだけ小声になった。

「え、病院？」

「どこか悪いの？」

苑子と千晶が口々に訊ねる。

「わからないんですけど、このところ、よく病院前のバス停で降りるんですって。井坂《いさか》さんが言ってました」

井坂さんというのは有来と同じく清掃員の男性だ。バスで通勤しているらしく、自宅は病院前よりも三つ先の停留所が最寄りだという。

苑子も真辺を藤咲病院で見た。親知らずを抜歯した時だから十月の末頃だ。あれから一か月半。まだ通院しているとは。

（陽人くんのおじいちゃんはもう退院したはずだし。あ、そっか。幹人さんのお父さんじゃなくて美由紀さんのお父さんだから、そもそも部長がお見舞いするわけも――）

どうだろう。ないだろうか。近野ビルの管理を任されている会社の管理職として、賀上神社、松葉家、そしてその親類とも親交がないとは言えない。

いや、どちらにせよ、陽人の祖父は退院しているのだから見舞いは不要だ。ではやっぱり、部長は自らの病気で通院しているのだろうか。

「でも、ほら。誰かのお見舞いかもしれないし。だってこの前も普通に飲みに行ってたわよ、真辺さん」

千晶がわざとらしく明るい口調で言った。飲みに行けるくらいの体調なのだから心配するほどでもないのだと結論付ける。

「で、部長が不在で誰にも報告してないの？」

「はい。美冬さんに報告しようと思ったんだけど、相談するタイミングがなくて」

そうこうしている間に美冬は帰ってしまい、苑子や千晶を待っていたらしい。

「これから、その空室に一緒に行ってもらえませんか」

実は窓清掃が終わってからすぐに行ってはみたのだそうだ。鍵は掛かっていた。ガラスの扉から中を覗いてみたが、見る限りあやしい人影も見えなかった。

有来が不審者を見かけたのが午後二時か二時半くらいだという。終わって見に行った時は四時を過ぎていたとすれば彼らが去っていても仕方がない。

「今から行っても一緒じゃない？」

「そうだけど、でも気になるんですもん」

「わかった」

苑子は頷いた。聞いてしまった以上、気にはなってしまう。

幼稚園に通う子どもがおり、早く帰らなければいけない千晶はそのまま退社し、苑子と有来は連れだってビルの五階までやってきた。

二階から七階までがオフィスフロアになっている近野ビルでは、各階のフロアに一社から二社のテナントが入れるようになっている。

五階はふたつの物件があり、ひとつはRN企画というその名のとおり企画会社だ。あとひとつが問題の空室だが、午後六時を過ぎてもなおRN企画側のフロア半分は活動しているのが廊下からも窺《うかが》え、空室側の半分はひっそりと静まり返っている。

「施錠はちゃんとされているわね」

「はい」

電気が点《つ》いていないので中は真っ暗だが、デスクや棚など、オフィス家具の類がすべて撤去され、がらんとしているのはわかる。

「これじゃあ、何もわかりませんね」

「やっぱり明日、部長に報告するしかなさそうね」

諦めて帰宅することにする。

エレベーターホールで上から降りてくるエレベーターを待っていると、RN企画のほうから賑やかな女性たちの声が聞こえてきた。女性が社長のこの会社は従業員も大半が女性だ。苑子たちを見て、一瞬不思議そうな顔をしたものの、軽く会釈をして、ちょうど到着したエレベーターに順に乗り込む。

有来が苑子に目配せをする。言いたいことはわかる。

見たところ二十代から三十代の四人の女性たち。セミロングの髪型に、コートから覗く短いスカート。

チン、と音を立ててエレベーターが地上に着いた。彼女たちを見送ってから「どうだった?」と苑子は有来に訊ねた。

「だめです。だって、四人のうち三人がセミロングで、その中のふたりがミニスカートですもん。背格好も似たような感じだし」

「そうよね」

四人とも毎朝受付で見かけるので、苑子も顔は知っている。名前はぼんやりと。でもそれだけだ。

「それに——同じ五階のテナントの従業員ってだけで疑うのも」

万策尽きた。所詮、苑子と有来だけではこの程度のことくらいまでしか考えが及ばない。


「ふむ。空室に侵入者」

真辺部長の双眸《そうぼう》が鋭くきらめいた。といってもいつもにこやかに見える恵比須顔《えびすがお》だ。笑い皺《じわ》が刻みこまれた下がり気味の目元は、鋭さを増しても微笑《ほほえ》んでいる時とさほど変わらない。

翌日。

有来は清掃員のアルバイトが休みであるにもかかわらず、大学の授業が終わると、苑子の昼休憩に合わせて須田メンテナンスに現れた。苑子も今日は幹人とのランチタイムよりも管理会社社員としての矜持《きょうじ》を優先した。最優先されたのは空腹で、有来が来る前にミーティングルームでお弁当を平らげたが。

　話を聞いた部長はすぐさま地下二階の警備員室に連絡し、昨日の有来が不審人物を見かけた時間帯の前後三時間ずつ、ビル内すべてのカメラで録画された映像データを自分のパソコンに送るように指示した。

「前から思ってたんですけど、防犯カメラのデータって、一般的にどれくらい保存されてるんですか？」

　苑子は、今まであまり気にしたことがなかった疑問を口にした。

「そりゃあ、防犯の用途にもよるだろうけど、聞いた話だと、コンビニとかはだいたい一週間から一か月。ATMは一か月から三か月だったかな。公共施設はまちまちだけど、まあ、一か月くらい。家庭用はせいぜい十日とか、マンションなどの集合住宅は二週間から四週間。用途以外に、カメラの性能や、記録するハードディスクとかSDカードの容量も関係してくる」

「ここは？」

「うちは半年。普通のオフィスビルだと一か月くらいが目安なんだけどね」

「長いんですね。何か理由があるんですか？」

「うん。僕の趣味」

「あー」

苑子と有来、それに庶務の美冬も加わり、三人で納得の相槌《あいづち》を打つ。

「お、来た来た」

少しうれしそうに部長はファイルを開く。

(不審人物侵入だっていうのに、不謹慎だなあ)

とは思ってしまうものの、嬉々としたその姿ももう見慣れた。

セキュリティは呪いの言葉——そう言い出したのはこの真辺本人だ。自分に呪いがかけられていることを自覚している。そしてその呪いに立ち向かうのが彼の仕事であり、やりがいなのだろう。

(部長本人は自分で趣味と言い切ってしまっているし)

まず、と前置きをして部長は話し始めた。

「防犯カメラはビル内の共有スペース、つまり各フロアの廊下やエレベーター内にしか設置されていない」

各テナントの中にはあたりまえだが、カメラはない。入っているテナントの方針で設置しているところもあるだろう。だが、それは須田メンテナンスの管轄ではないということだ。

「だから、山内さんが見かけた不審人物が実際いたのか、確かめる術《すべ》はない。第三者的な証拠がないから」

　見かけたという有来の証言を裏付ける証拠はない、と真辺は言う。

「そんな。あたし、嘘なんてついてません。見間違いでもないです。本当に、この目で見ました」

「もちろん。山内さんのことは疑ってないよ。不審人物は本当にいたんだろう。だから今からそれを一緒に実証しよう」

　憤慨する有来を真辺はまあまあと宥《なだ》め、パソコンのモニターをみんなに見えるように傾けた。

「最初に確認しておこうかな。山内さんが見かけたのはこの人たちじゃないのかな」

　モニターに、エレベーターホールの映像が映し出された。

「これは五階のエレベーター前」

「あ、部長」

　エレベーターから男性ふたりと女性が降りてくる。最後に操作ボタンの前に立っていた男性が出てくる。それが真辺だった。

「違うと思います。あたしが見たの、もっと若い雰囲気の男女でした」

　有来が答える横で、苑子はあれ？　と身を乗り出してモニターを凝視した。五十代くらいの男性と、四十代ほどの男女。

「……瀬戸さんは？」

真辺が訊ねたので、有来と美冬が顔を見合わせた。

不審者を見かけたのは有来であって、苑子ではない。けれど、苑子はその男女三人に見覚えがあった。

「この方々、昨日受付に来られました。応対したのは倉永さんですけど」

「さすが瀬戸さん。顔を覚えてるんだ」

モニターが切り替わり、今度は廊下の映像が広がった。薄暗い。これも五階なのだろう。廊下の先に例の空室の出入り口が映っている。モニターの手前側から登場した真辺と男女三人が、空室の前で立ち止まった。

「部長、これはどういう――あ」

苑子は訊ねかけて、気づいた。

「うん。オフィスを探しておられてね。僕が案内した」

真辺は苑子を振り返って言った。

「そういえば、昨日の十一時、空き物件見学のアポイント入ってましたね」

美冬が補足する。空き物件情報は、須田メンテナンスの親会社で、同じく近野ビル地下一階にある須田不動産が公式ホームページその他に載せており、それを見たらしい。

受付では、須田メンテナンスとアポイントを取っている、とだけしか告げられず、そのまま真辺が受付に迎えに来てふたりを案内していった。苑子はそのとき、別の接客をしていたが、千晶が応対するのを横で見ていた。

「まあ、山内さんが見た男女とは違うだろうね。年齢も違うし、時間もかなりずれている」

映像の時間を見ると、午前十一時五分となっていた。

物件見学は三十分ほどで終わったらしく、十一時三十八分、再び真辺と見学者たちが廊下に現れたのが映っていた。

見学者たちは物件をかなり気に入っていたようだが即答はせず、近日中に返事をすると言っていたそうだ。

「この時は僕が部屋の施錠をした。それは間違いない」

無人になった廊下だけが、モニターには映し出されている。それが延々と続く。

「空室の鍵って、須田メンテナンスしか持ってないんですか？」

素朴な疑問を有来が投げかける。

「空室は、ね」

物件の鍵は基本的に、新しいテナントが決まった際に、入居する側が付け替えることになっている、と真辺は説明した。

「今は鍵の種類も形も豊富で、カード型だったり、暗証番号を入力しなくてはいけなかったり、様々だろう。従業員の少ない会社は、全員が従来の鍵穴に差し込むタイプの鍵を持っていたり、鍵当番というものを決めている会社もある」

ちなみに須田メンテナンスの鍵は鍵穴式だが、管理しているのは地下二階の警備員室だ。

いちばん早く出社した社員が警備員室から鍵を預かり、最後に退社する社員が返す。近野ビル自体、夜には閉鎖されるが、警備員室には警備員ひとりは常駐しているのだ。

「付け替えた新しい鍵は当然、テナント側で管理してもらう。うちはノータッチだ。もし何らかの理由で開錠できない場合が生じて、開けてくれと言われても、うちにスペアキーはない。でもテナントが出た後は、その鍵をうちで管理することになる。もとのテナントにはもう不要だからね。たまに鍵も取り外して持っていくって人もいるけど、まあ、まれだね」

「古い鍵は、スペアキーも回収するんですか？」

前に入っていた会社の従業員がスペアキーを作っていて、それを須田メンテナンスに渡していなかったら、今でも入り放題なのではないだろうか。ビルが閉まっている夜中は無理として、日中、いくら受付で苑子たちが入館者チェックをしようと、抜け道はいくらでもある。

「そうなんだよねえ。一応確認はするんだけど、こればっかりは申告されたのを信じるしかないから」

たとえば鍵は全部で三つしかない、と言われて三つとも回収したとして、もしこっそり四つ目が存在していたとしても、こちらは知る由もない。

「ちょっと、早送りしようか」

ひっそりとした廊下に、人影はまったくない。何か動きが現れるまで、時間を進める。

「単純に、泥棒だったとして、開けられる鍵なんですか？」

「そこのボードに掛かってるよ」

有来の問いに、真辺が答えた。美冬が動く。

オフィスの壁に掲げてある行動予定表の横のボードにはずらりと鍵が並んで掛けてある。文化教室や貸会議室、警備員室の鍵などだ。須田メンテナンスの従業員ならば誰でも手にすることができるが、オフィス内の目立つ場所にあり、いろんな人の目に触れるので、逆にこっそり持ち出すのは難しかったりする。持ち出すときは管理している総務部の誰かに報告しなくてはならない。言うまでもなく、オフィス内に部外者が立ち入ればたちまち注目の的だろう。

美冬はそれらの鍵の中からひとつを手に取り、デスクに戻った。その間も、真辺はまったくモニターから目を離さない。

「回収したのはこの二本」

五階空室と記されたメモ付きキーホルダーには同じ鍵が二本。須田メンテナンスと同じく、鍵穴に差し込むタイプの鍵である。

「前のテナント、クランさんが入居したのは三年前かな。ということは鍵も三年前のものだ。その時に最新式を謳《うた》っていたかどうかはわからないけど、三年経てば旧式とまでは言えないかもしれないが、最新式ではないだろう。泥棒も開錠の腕を上げているだろうしね」

今の時点で、空室に侵入できる不審者の候補はふたつ。前に入居していた会社の関係者か、泥棒。

「でも、あの空室、窓の外から見てもからっぽで、盗《と》るものなんて何もなかったですよ」

「前の会社の人が、何か忘れ物したとか」

「その線が濃いかなあ。こっそり侵入しなくても、うちにひとこと言ってくれればいい話なんだが――瀬戸さん」

「はい」

「もう休憩時間、終わりじゃないかな。園田さんも、そろそろ業務に戻ってくれないと」

「ええっ」

言われて時計を見ると、休憩時間終了五分前だった。

（こんな気になる展開の途中でタイムアップなんて）

だが上司のまっとうな意見に否と答えることはできない。戻るのに遅れたら千晶にも小言を言われる。

あとは有来に任せることにし、苑子は手早く身なりを整え、受付へと急いだ。


結論から言えば、有来が目撃した時間帯の十五分前に、不審な男女ふたり組が空室に入っていくのが防犯カメラの映像に映っていたらしい。

数枚の写真を持って、有来が受付にやってきたのだ。

「仕事の邪魔をしちゃいけないってわかってるんですけど、苑子さん、気になってるかと思って」

「うん。すごく気になってた」

ちょうど、今は来客も文化教室の生徒も少なくなる時間帯だ。

ちらりと横を見ると、「仕方ないわねえ」とため息をつきつつ、千晶も写真を覗き込む。Ａ４サイズのコピー用紙に印刷された写真は、防犯カメラの映像をプリントアウトしたものだ。

「部長も黙認ですから」

「そうなの?」

「はい」

苑子に見せたいからプリントアウトしてほしい、と有来がこっそり美冬に頼むのを、真辺はちゃんと聞いていただろうに注意を受けなかったという。

「そのふたり、ビル内の従業員なのか、外部の人間なのか、部長も美冬さんもあたしもわからなくて。たぶん、千晶さんと苑子さんに期待してるんですよ」

そう言われると近野ビル内従業員データベースの異名をとる千晶は満更でもなさそうだ。苑子は特技に毛が生えた程度のものなので、胸を張って任せろとは言えない。

「このふたりです」

有来の証言どおり、二十代風の若い男女だ。男性は紺色のスーツ。女性はセミロングに薄い茶色のニット、カーキ色のミニスカートだ。手に持っているのはコートだろうか。顔もはっきり映っている。

「え、この子」

苑子の反応に、有来が目を輝かせた。

「知ってるんですか、苑子さん」

「知ってるというか」

苑子は食い入るように写真を眺めた。

写真は三枚あり、一枚目はふたりが空室に入っていくところ。二枚目は女性が五階の階段室の扉から出てくるところ。三枚目も、同じく男性が五階の階段室から出てきているが、印字された時刻を見ると、ふたりは一緒に現れたのではなく、女性の五分後に男性が出てきていた。

ふたりとも地下二階の駐車場からビルに入ったことは、警備員によって確認されている。通常の参拝客と同様、賀上神社に参拝したいと警備員室で申告し、階段室に入っていったそうだ。ただし、この時、先に現れたのは男性のほうで、それから遅れること十分ほどして女性がやってきたのだという。

「あと、プリントアウトはしてないんですけど、女性は階段室から出てきたあと、ひとりで空室へ行き、鍵を開けたところが映ってます」

「ということは、女性が鍵を持っていたってことよね」

「限られてきますね」

そんな会話を有来と交わしてから、千晶は少しむっとしながら息をついた。

「もう、真辺部長ったら。わたしたちを試すようなこと」

「え？」

有来がぽかんとした。

「部長が知らないはずがないもの。この女性のこと。ね、瀬戸さん」

「え？」

今度は苑子が間抜けな声を上げる。

「え、って。瀬戸さんも覚えてたんでしょう？　この人、クランの経営者のひとりだった洗井《あらい》さんじゃないの」

「洗井さん……」

「洗井奈月《なつき》さん。ほら、クランは洗井さんともうひとり、伴野《ともの》さんがふたりで起業した会社だったでしょう」

若い女性目線のおしゃれで見た目がかわいらしいお菓子や食材を仕入れ、雑貨店などに卸していた。女性ふたりは大学の同窓生で、在学中から輸入食品の会社の起業を志していたという。

「詳しいですね、倉永さん」

「二十代の若い女性ふたりで起業って、夢があるじゃない。何かの雑誌――広報誌だったかしら。それを読んだことがあったの」

大学卒業後も就職をせずにアルバイトを掛け持ちして資金を作り、ふたりが二十三歳の年に小さな輸入食品雑貨の会社をつくった。最初はふたりだけだったが、徐々に事業を軌道に乗せ、数人だが従業員も増やし、一年後に法人化して、この近野ビルにテナントとして入ったそうだ。それが三年前。単純に計算しても、奈月たちはまだ二十七歳。ひとつだが苑子よりも年下だ。その年で起業と廃業を経験したとは。

「言われてみれば」

と、苑子は写真を見直した。たしかに、洗井奈月かもしれない。受付で挨拶をする程度の関わりだったが、顔は覚えている。見逃していたのは、苑子が写真を見た瞬間に、男性のほうに目を奪われてしまったからだ。

「言われてみればって、じゃあ、さっき知っているって言ってたのは、洗井さんじゃなくて」

「はい、こっちの男性です」

「誰なの」

「誰っていうか、コウタくんです」

「コウタくん？」

「屋上の賀上神社にお参りに来ていた高校生で」

「高校生？」

千晶と有来が声を揃《そろ》えた。

「で、誰なの」

もう一度、千晶が問うた。

どこの誰か、なぜ高校生がスーツを着て空室にいたのか、それも退去したはずの会社の経営者と一緒に——ともろもろの謎も含めて訊かれているのだろうが、苑子は、

「さあ」

としか答えることができない。

「高校生のコウタくん。それしかわかりません。どこの高校かも不明です」

「そう。仕方がないわね」

「でも時間からして、屋上でわたしが見かけた直後に、五階に向かったんだと思います」

「おふたりともさすがです。洗井さんのほうは部長もわかっていたかもしれないけど、男性の手がかりまで摑《つか》むなんて」

「だけど、これ以上の手がかりはないわ」

映像によると、奈月は空室の鍵を開けた後、五階の階段室から出てきたコウタと合流し、なぜかRN企画の前を通り過ぎてから空室に向かったという。

「謎は深まるばかりね」

呟《つぶや》いた苑子だったが、そこでふと幹人の言葉を思い出した。

「あ、でも、もしかしたら」

「心当たりがあるの？」

「今はないですけど。コウタくん、また神社に来るかもしれません」

彼は迷っている。願い事をまだ唱えてはいない。

幹人のあの言葉が当たっているのかどうかはわからないけれど、もしも本当に彼が何かに迷っていて、答えが出ずに悩んでいるのだとしたら。そして迷いや願い事というのがもし、恋愛事に関するものなのだとしたら。

3

「……申し訳ございませんでした」

須田メンテナンスのミーティングルームで、洗井奈月は肩をすぼめ、じっと耐えるようにして座っていた。顔は一度も上げようとしない。

デスクの上には空室の鍵がひとつ、置かれていた。

「まだ、スペアキーがあったんですね」

「鍵はすべてお渡ししなきゃいけないってわかっていたんですけど、でも、どうしてもひとつだけは持っておきたかったんです。――記念に」

「記念に」

「すみません、くだらない感傷ですね」

奈月と向き合っているのは真辺だ。

苑子と有来と美冬はパーティション越しにちらちらと覗き見しながら会話を聞いていた。怯《おび》えるように肩をすぼめた奈月は、顔はよく見えないが、クランの経営者だった頃の彼女とは別人のようだった。

防犯カメラに映っていたのが洗井奈月と判明した後、真辺は本人に連絡をした。一か月前までテナント契約をしていたのだ。連絡先が変わっていなければコンタクトはたやすく取れる。

昨日の無断侵入の件を告げると、奈月は電話の向こうで素直に認めて謝罪し、こうして鍵を渡しに来たのだった。

「なぜ、あの空室に？　何か忘れ物でも」

「いえ」

「あの男性はお知り合いですか」

「——すみません。彼は無関係なんです。わたしが悪いんです」

奈月はひたすら自分が悪いと謝り続け、肝心の空室に侵入した理由は説明しなかった。

埒《らち》が明かないが、真辺は諦めたらしい。

「もう二度と、しないでくださいね」

「……はい」

「これは、たしかに受け取りました」

真辺が鍵を手元に引き寄せ、スーツの上着の内ポケットにしまった。帰宅を促された奈月はそれを名残惜しそうに見ていた。

「いいんですか、部長。帰しちゃって」

「警察とか」

奈月が帰った後、みんなでミーティングルームに押しかけ、真辺を取り囲んだ。

「何か被害を受けたわけでも、物がなくなったわけでもないからね」

空室の中は、真辺と美冬で点検したという。何も異変はなかったらしい。

「それはそうですけど、でも無断侵入っていうだけでも一応、罪ですよ」

美冬が咎《とが》める。

「もうしないって約束したし、鍵も回収したから入ろうとしても無理だろう」

「部長、甘いですよ。そんなことを言ってスペアキーがまだほかにあったらどうするんです」

「まあまあ。大丈夫だよ。身元もちゃんとわかってるから」

のらりくらりと部長は美冬の不満をかわした。こうなるとのれんに腕押し状態だ。

「あーあ。結局、何もわかりませんでしたね」

拍子抜けしたように有来が言う。

「ねえ、苑子さん」

「そうね」

「どうしたんですか？」

「ん？」

「ぼうっとしちゃって」

そんなつもりはなかったが、生返事になってしまった。だが苑子の中に、ひどく未練がましそうに鍵を見ていた奈月の顔が残った。

「洗井さんにとっては、ただの空室の鍵じゃなかったんでしょうね」

「え？」

「自分たちが実現した夢の空間の鍵」

破産し、会社はなくなってしまい、唯一、残されたもの。

跡形もなくすべて消えてしまって、本当に自分たちの会社は存在したのか、すべて幻だったのではないか――そんなことを思う時があるのかもしれない。

「でもその鍵があれば、たしかに存在したのだと思える。きっと鍵は、洗井さんにとって夢がたしかに実現したという証《あかし》だったのかも。だから手元に置いておきたかったのかなって」

しんみりする苑子の横で、

「やっぱり洗井さん、ほかにもスペアキー持ってるかもね」

美冬が冷静に肩をすくめた。


屋上でコウタを見かけたのは三日後のことだった。

高校の制服でもビジネススーツでもない。色褪《いろあ》せたジーンズに短めのダッフルコートを着て、リュックを背負っていた。今時の若者らしく、手にコンビニで売っているホットドリンクのカップを持っている。

お参りは済んだのか否か、コウタは竹箒《たけぼうき》を手にした幹人と向き合っていた。

「僕はこんな格好をしているけど、ここの神主だから」

「神主？」

明らかにコウタが戸惑っているのがわかった。何しろ、幹人はコウタと同じくジーンズ、上もパーカーにカジュアルな黒のジャケット姿だ。竹箒もミスマッチだが、その格好で神主と名乗られても、この困惑になるだろう。

「身分証は持ってないから信じてもらうしかないけど」

一方、幹人はこの反応にも慣れたものらしい。

（わたしもそうだったし）

どうやら幹人は自分からコウタに話しかけたようだ。コウタが洗井奈月と共に空室に侵入した、という話はざっくりとだが幹人にも伝えていた。もしもまた屋上にやってきて、何か迷っていそうだったら、話を聞いてあげてほしい——とまでは言わなかったが、幹人ならそうするのではないかとも思った。

立ち聞きするのもどうかと思いながら、苑子はいつもの設備建物の陰に腰を下ろした。

(お弁当を食べるだけだもん)

けれど、話し声はちゃんと聞こえる。

「いつも参拝ありがとうございます」

「え？」

「一週間くらいずっと通っているでしょう」

それは苑子も知らなかった。

「はい、これ」

「え」

さっきからコウタは「え」としか返さない。気になって苑子は建物の陰からふたりの様子を窺った。

幹人が何かをコウタに差し出している。

「甘いもの、嫌い？」

「い、いえ」

「これは、神様のお下がり」

「お下がり？」

「祠や神棚にお供えしていたものをお裾分け」

いつも苑子にくれるものを、今日はコウタに分けようとしている。

「いいんすか。神様のものをもらって」

「うん。お下がりをいただくのは、神様と一緒に食事をするということだし、神様の力を身体の中に取り込むっていう意味もあるんだ」

「それって恐れ多くないすか」

受け取ろうとしていた手を、コウタは一旦引っ込める。

「まあ、そう深く考えないで」

言って幹人は強引にコウタの手にお饅頭《まんじゅう》らしき包みを握らせた。

「おいしいよ」

鳥居の柱に竹箒を立てかけ、柱に背中を預けるようにして地面に座る。

「そんな、柱に。罰、当たりませんか」

「君、信心深いんだね」

「ここの神社はすごくご利益があるって聞いたから。だから、その分、粗相をしたら悪いことも起こりそうだなって」

「大丈夫。もし罰が当たるなら、先に僕が当たるよ」

「え」

「神主だから。避雷針ってやつ」

「すげえ。神主さん、漢《おとこ》っすね」

「そりゃあ、男だけど」

「漢字の漢と書いておとこってやつです」

「なに、それ」

幹人は淡々とコウタに接している。なのにいつのまにかコウタは打ち解けたような表情をしていた。

(何だろう。まるで)

そう、野良猫を手懐《てなず》けるような。

お饅頭で餌付けされたわけではないだろう。短い、他愛もない会話だったが、苑子はその目でコウタがみるみるうちに幹人に心を許していく様を目撃した。

(わたしが声をかけたときは最後まで警戒心丸出しだったのに)

それはコウタが迷える者で、幹人が神主だからなのだろうか。

いや、もしかしたら。

苑子が幹人に恋に落ちた瞬間もこのような感じだったのかもしれない。

「これ、えっと、お下がり？　うまい」

コウタは幹人の横に座り、お饅頭を頬張った。ふた口で平らげてから、ふいに語り出す。

「まだ、迷ってるのかい？」

「え」

「毎日ここに来て、手を合わせてるけど、願い事、決まってないんだろう？」

コウタはあんぐりと口を開け、幹人を見つめ返しながら、

「やっぱ、すげえ……」

うわ言のように、呟いた。

「何でわかるんすか」

「何でかなあ」

「その、幽霊とかも見えたりするんすか」

「ないない。僕は霊能者とかじゃないから。でも、わざわざうちの神社まで毎日通ってくれている参拝者が悩んでそうだったから、つい声をかけてしまった。え、君、別に幽霊じゃないよね」

「まさか。あ、俺、北丘高校三年の、畠中航太《はたなかこうた》って言います」

「北丘高校。ここからけっこう遠いのに」

「今は学校、休みなんで。家はそんなに遠くないし。あ、予備校がここから近いんです。隣の駅。そこからこのビルまで歩いて」

完全に幹人を信頼したのか、コウタ——航太はためらうことなく素性《すじょう》を明かした。

「ここのことを聞いたのは三か月くらい前かな。いつか参拝に来たいと思ってたんです。一回来たら、何か、気に入っちゃって」

「ここが？」

「はい。階段をひたすら上るのも運動不足解消になるし」

航太は野球部だったそうだ。引退をして食べる量は減ったが筋肉も落ちたと苦笑する。

「受験生の願い事は志望校合格、なんて単純なことじゃなさそうだね」

「はい。迷ってて」

「志望校を？」

「いえ」

航太は首を横に振った。

「進学するか、就職するか」

二か月前に、父親が病気で働けなくなった。下にまだ弟がおり、自分は大学に行くより働いたほうが家族のためになるのではないかと。

「金銭的なことか」

「予備校の受講費は三か月分、前払いしてあるんで、年内いっぱいはまだ通えるんだけど」

今は奨学金制度もある。返すのがまた大変だが、勉強したいことがあるなら進学するべきだ、と家族も担任の先生も言う。

「バイトをすれば、通えないことはないんです。うちは母親もフルで働いてるし。父の治療費も保険で何とかなりそうだし。いつ治るかわからないけど、治ったらまた働くって言ってるし」

父親はまだ四十代半ば。復帰すればまだまだ働ける。

つまりは、金銭的なことではない。では学力的な問題だろうか。苑子はお弁当を食べるのも忘れて、ふたりの会話に聞き入っていた。

「俺、そこまでして勉強したいことがないんです。一応、志望校はいくつかあって、合格ラインもクリアしてるんだけど」

「大学で、やりたいことが見つかるかもしれないよ――なんて、ありきたりのアドバイスはいやってほど聞いてきただろうね」

「それ、親からも弟からも担任からも言われた。友達からも」

航太は立てた片膝を抱きしめながら、くくっと笑った。

「きっと、航太くんの今の願いは、家族にも学校の先生にも友達にも言えない、秘めたるものなんだろうね」

「神主さんにはお見通しなんすね。ああもう」

じたばたと航太は顔を膝に埋《うず》めた。

「うちは縁結びにご利益があると言われてるから」

「俺の願いは――」

「ん？」

「たぶん、俺は早く大人になりたいんだと思う」

――それは、神様が叶える範疇《はんちゅう》の願い事じゃないなあ
――そうっすよね
――でも、またおいで。道が見えてきたら
そんな言葉を交わして、航太は帰っていった。それを見届けた幹人は苑子のところにやってくる。
「苑子の最近の趣味は覗き見かな」
「そんな人聞きの悪い」
ちゃんと、苑子にも見えて聞こえるように航太と会話していたはずである。

「受験生も結局、恋愛事だったみたいね」

相手は年上の女性だと最初に屋上で見かけたときに友達が言っていた。中学生の時の家庭教師だとか塾の先生だとか。それが洗井奈月なのだろうか。

「早く大人になりたい、って。何だか切ないなあ」

早く大人になりたいから、進学より就職なのだろうか。早く働いて自立して、彼女に釣り合うような男性になりたいのだろうか。

「もしかしたら、彼にうちの神社のことを話したのは、その年上の彼女かもしれないね」

「毎日、来てたのは彼女に会いたいからとか。あ、でももう彼女はうちのビルにはいないんだった」

そこではたと思いつく。

もしかして航太は奈月がこのビルから去ったことを知らないのではないか。そもそも航太と奈月はどのような関係なのだろう。すでに恋人同士なのだろうか。年の差はおそらく九歳とか。さほど驚く年齢差ではないが、社会人の女性と高校生男子となればなかなか衝撃的だ。

それとも、航太の片思いなのだろうか。片思いの相手のために、道に迷っているのだろうか。

「……コンビニ？」

「の、向かいの本屋さん」

「隣の駅の」

「そう」

ううう、寒い、と続けながら千晶は受付カウンターの下に潜りこみ、小さなヒーターの電源を入れる。始業時間前なので、出勤してくる従業員は後を絶たず、玄関の自動ドアが開いては閉まり、閉まっては開く。その都度、冷たい風が吹き込んでくる。

「そこで働いているんですか？」

「みたいよ」

駅構内の通勤通学の人々が立ち寄る、雑誌の最新号と文庫の新刊、ベストセラー本などが置いてあるくらいの小さな書店。

そこで奈月が働いているという。

「一昨日、たまたま見かけたのよ」

一昨日の土曜日、幼稚園に通う息子、蓮《れん》の友達の家に親子でお邪魔した。その隣駅から徒歩十分ほどのところに一家が家を建てたということで、千晶を含むママ友数人が親子でお呼ばれしたのだそうだ。

　奈月を見かけたのは帰りのことだった。小さい書店ながらもクリスマス仕様の飾りつけに蓮が興味を示したので、一緒にいた友達親子に別れを告げ、店内に入った。わずかだが子ども向けの幼年雑誌や絵本もあり、蓮は夢中だ。

　奈月は雑誌の整理をしながら、ぼんやりと外を見ていた。

「外？」

「心ここにあらずって感じだったわね」

　どこを見ているんだろう、と奈月の視線を追うと。

「コンビニ」

「そう。向かいにあるコンビニ」

　千晶と蓮が書店にいたのは十五分かそれくらいだったが、奈月の存在に気づいて様子を見ていると、始終コンビニのほうを意識していたという。

「でもね、途中で何かを見つけたみたいに、急にほっとしたような顔をして仕事に集中しだしたのよね」

「何を見たんでしょう」

「それがさっぱり」

　とにもかくにも、奈月はもう新しいスタートを切っているようだ。正社員かアルバイトかはわからないが、次の場所で一歩を踏み出している。そう思うと、苑子はほっとした。仕事を失うということは、想像を超えたダメージを食らう。苑子は身をもって知っている。ましてそれが自分の起《た》ち上《あ》げた事業だったら、苑子の想像など及びもしないダメージだろう。

「あ、あのおじいさん」

千晶に言われて、ガラス扉の向こうを見る。

「久しぶりね」

「はい」

中折れ帽を軽く浮かせて会釈をする。苑子も笑顔で頭を下げる。今月のあたまには退院していたはずだが、こうして散歩する姿を見せてくれたのは退院後初めてだ。

(元気になられたみたいでよかった)

千晶は老人が入院していたことも、幹人の亡き妻の父親であることも知らないが、日常の風景の一部になっていた「散歩する老人の姿」が復活して、単純にうれしそうだ。

「あ」

だが老人が通り過ぎたあと、意外すぎる人物が扉の向こうに現れ、苑子と千晶は同時に声を上げた。

ついさっき、話題にしていたので、ふたりしてどぎまぎする。

奈月は思いつめたような表情をしてビルに入ると、まっすぐ受付カウンターにやってきた。

「洗井さん、おはようございます」

千晶は平静を保ち、挨拶する。

奈月の顔がかすかに崩れた。

千晶の口調が、クラン在りし頃、毎日このビルに出勤してきていた奈月に接するのと何も変わらなかったせいかもしれない。わざとか無意識か。受付カウンターに座る千晶はどこまでもビジネスライクだ。

奈月は唇を結び、表情を戻した。

「おはようございます」

静かに呼吸を整えると、「お願いがあります」と真顔で苑子と千晶を見た。

「お願い、ですか」

「はい」

「この間の、男性なんですが」

訊ねてから、受付のふたりが空室侵入の件を詳しく知っているのかどうか不安になったらしい。意気込んでいた奈月の声音は少し弱くなる。

「空室でご一緒だった男性ですか」

千晶に問われ、少しだけほっとしたように、

「そうです」

と、奈月は答えた。

対応は千晶に任せることにし、苑子は奈月の様子を観察する。

空室に侵入した時と同様、ブラウスにカーディガン、タイトスカート、というオフィスに似つかわしい格好にトレンチコートを着ている。

「もし、彼がここに来たら、それで——わたしを呼び出してほしいと言ったら、不在だと伝えてほしいんです」

「不在、ですか」

千晶の声音が硬くなる。たしかに奈月はいない。だが不在とは、意味合いが異なる。

「クランが撤退したことを、伏せてほしいんです。お願いします」

奈月は深々と頭を下げた。出勤してきたほかの従業員たちが、何事かと興味を示しながら通り過ぎていく。

「何か、事情がおありのようですね。わかりました」

「お願いできますか？」

縋るような瞳で奈月は千晶を見た。

「まずは詳しい事情をお聞きしましょう。瀬戸さん、よろしくね」

「えっ」

わたしですか、と千晶に訊き返す。奈月が少々不安そうな素振りを見せた。

「彼女はその男性とも話したことがあるそうですし」

平然と千晶は言った。途端に奈月の顔色が変わる。

「ああ、ええと。屋上で会ったことが。畠中航太さん」

「――――」

奈月は言葉を失っている。

「もうじき勤務時間になりますので、お昼休みに屋上に来ていただけますか。お話を伺います」

航太の名を出すと、奈月はよほど驚いたのか、混乱が収まる気配も見せず、言われるがままに頷いた。昼休みの時間を訊ねると、午後一時くらいからだと言うので、その時間帯に屋上で落ち合うことになった。

「もう倉永さんたら、急にわたしに丸投げするなんて」

奈月が去ってから、苑子は唇を尖らせた。

「あら。瀬戸さんは須田メンテナンスの正社員でしょう」

わたしは派遣社員、とこういう時だけ印籠のように派遣社員を持ち出す。

「空室に侵入した謎もわかるんじゃない？」

「そうでしょうか」

「セキュリティの呪い、解けるかもよ」

「セキュリティの呪い。って言いたいだけですよね？」

「あ、ばれた？　さ、お仕事、始まるわよ」


苑子が屋上へ行くと、奈月はすでに来ていた。賀上神社の鳥居の前で、所在なさげに立っている。

すぐには奈月だとはわからなかった。朝とは違う格好をしていたからだ。トレンチコートは着ていたが、セミロングの髪の毛を後ろで束ね、動きやすそうなパンツにスニーカーを履いていた。コートの中に、深いグリーンのエプロンを着けており、書店の名前が印字されているのがちらりと見えた。

「お待たせしました」

「すみません、わざわざ」

苑子の視線に気づいたのか、奈月はさりげなくコートの前を閉じ、エプロンを隠した。

「今、隣の駅の書店でアルバイトをしてるんです」

「そうですか」

苑子は知らぬふりをして答えた。

「おかしいでしょう？　わたし、見栄を張って、今もＯＬみたいな格好をして出勤してるんです」

自嘲気味に、奈月が言う。

「本はもともと大好きだったし、書店の仕事だって楽しいし。まだいろいろと事業の後片付けはあるから本格的に再就職をするわけにもいかなくて、でもひとり暮らしだから収入がないとやっていけないし」

クランはある時点から赤字が続いていた。もう少し耐えればまた上向いてくる可能性もあったかもしれない。だが、なかったかもしれない。今となってはわからないが、負債が出る前に、堅実路線を主張し続けたもうひとりの経営者が廃業を決定した。

負債はない。けれど貯蓄に余裕もない。だから当面の生活のためにバイトを始めたのだ――奈月はつらつら語る。どこか言い訳がましくも聞こえる。

奈月は誰に言い訳をし、誰に見栄を張っているのだろう。

そんな苑子の表情を読んだのか、奈月はぽつりと言った。

「わたし、自分自身に見栄を張ってるんです」

「自分に？」

「はい。ばかみたいだけど」

話が見えそうで、見えない。

「それで、例の彼に内緒にしてほしいというのは」

「ああ。前置きが長くてすみません。彼に対しては、見栄じゃないんです。彼が――航太くんが高校生なのはご存知ですか」

「ええ」

「航太くんが通ってた進学塾の臨時講師をしたんです。出会った時、わたしは大学三年生で、航太くんはまだ小学六年生」

大学の友人の知り合いの――というよくわからない伝手《つて》だった。

その頃はすでに、大学を卒業したら友人とクランを起ち上げようとしていたので就職活動もしていなかった。就活を始めた同級生たちは自分のことに精一杯で、受験生も多くいる進学塾の講師をするのはメンタル的に無理らしく、奈月に話が回って来たのだ。

奈月は奈月で、本気で事業を始めようと考えていたので、その方面について猛勉強の日々だった。自分たちが手掛けようとしている輸入食品を扱う店でアルバイトもしていたが、精神的にも身体的にもまだ余裕はあった。

「人に教えるなんてしたことなかったけど、塾は時給も良かったので引き受けたんです。事業を起こすには資金はいくらでも必要だったから」

航太は目立つ生徒ではなかったが、受け持っているクラスの生徒は多い時でも十人ほどだったので、ほかの生徒同様、成績や勉強態度のほか、たとえば家族構成や生活面など、簡単なプライベートまでは把握していた。

個別によく覚えているのは、彼は少年野球をしていて、中学でも野球部に入り、いつも坊主頭だったことだ。

その進学塾は二年ほどでやめた。いよいよ起業が現実味を帯びてきたからだ。

航太とも、そこで一度、交流は途切れた。

だがそれから半年ほど経った頃、再会した。

奈月がアルバイトを続けていた雑貨店に、偶然航太が来たのだ。いや、偶然ではなかったのかもしれない。うぬぼれかもしれないが、航太が自分にほのかな想いを抱いていたのは塾の講師をしていた時から感じていた。奈月が塾講師のほかに働いている店があることも、話したことがあった。

クラン起業に向かって実際に走り出すつもりで、アルバイトも近々やめることを話すと、連絡先を交換したいと言われた。

思い返してみれば航太と会った回数は、再会してから三年近く経った今でも、さほど多くはない。

数回、高校生になった航太から誘われてカフェで話したり、映画に行ったりした。バイト先で少し雑談をしたのを含めても両手の指ほどにもならない。

それでも電話やメールは頻繁に来た。奈月には妹しかいないが、弟がいればこんな感じなのだろうかとも思っていた。

「だって、わたしは航太くんより九歳も年上で、もう社会人だし、高校生の男の子とつきあうなんて考えられないし、考えちゃいけないし」

だが航太にとって奈月は姉ではなかったらしい。真剣につきあいたいと言われた。

「それが半年くらい前のことです」

クランはすでに先行きが不安になっていた。航太とのことを深く考えている余裕はなかった。航太も航太で受験生だ。恋愛に気を取られている時期ではない。

「だから、先延ばしにしたんです。航太くんの受験が終わってから返事をするって」

しかし航太のほうの事情が少し変わった。

父親が病気になり、会社を辞めて治療に専念することになった。それを理由に進学をやめると言い出したのだ。

そのあたりの話は、この前、航太が幹人に話しているのを聞いた。

「年齢差のことは航太くんもとても気にしていて。でも、大学生と社会人の九歳差は大きいけど、社会人同士の九歳差はたいしたことないって思ってるみたいなんです」

早く奈月に追いつきたい。大人になりたい。自分で稼げるようになれば、九歳差なんて気にならなくなる。奈月と同じラインに立てる。自分が奈月を守れるようにだってなれるかもしれない。

——二、三年。いや一、二年のうちに、俺、そうなってみせる。ほら、今、男が年下の年の差婚もよく聞くじゃん
「年の差婚……それって、結婚も視野に入れてるってことですか」

「直球な上に、飛躍しすぎですよね。つきあってもいないのに。でも、だから、クランがなくなったことは航太くんには隠しておかなきゃって」

もしも今、航太がクランの廃業を知り、奈月がアルバイト生活をしていると知ったら、ますますいきり立つだろう。自分の出番だ。進学なんてしている場合ではない、と。

「それは、わたしは望んでいません。彼には学力もあるし、まだ未来もある。やりたいことがないと言ってるけど、まだ十八です」

進学が人生において絶対的に正しい道だとは思わないが、少なくとも選択肢は増える。やりたいことが見つからないからこそ、大学には行ったほうがいい。

「そう、何度も説得してるんですけど」

「電話とかメールで、ですか」

「ええ。でも——」

奈月は深くため息をついた。

「この前、会って話をしたいと言われて。電話で、これから近野ビルに行くって」

——ほら、前に奈月さんが言ってたじゃん。ビルの屋上に神社があって、よく願い事が叶うって。今から行こうと思って。……でさ、会えないかな。奈月さんの会社って、五階だったよね

「もしかして、それがこの前の空室の」

「はい」

書店でアルバイト中だった奈月は慌てて、近野ビルに向かった。今はちょっと手が離せないと言って三十分後に会うことにした。奈月は屋上で会うつもりだったが、航太はどうしても奈月が働いているオフィスが見たいという。

「あの時くらい、見栄を張って通勤着をOL風にしていてよかったと思ったことはなかったわ」

奈月は力なく苦笑する。

航太が来る前に、空室の鍵を開けておいた。最初からそこに彼を誘導するつもりだった。

「RN企画さんの前を通ったのは？」

「航太くんに、そこがクランだと思い違いさせたかったんです」

事実、出入り口越しに働くRN企画の女性たちを見ながら、

——すげぇ、奈月さん。この会社の社長なんだ

と、感心しきりだった。

「航太くんたら、オフィスビルの中で自分も悪目立ちしないようにって、誰かから借りたスーツなんて着て。どう見てもビジネスマンには見えないのに」

なるほど、あのスーツはそういう意味だったのか。苑子はやっと合点がいった。

「意地でも洗井さんに追いつこうとしているんですね」

「そうでしょうか」

奈月は困ったように笑う。

「空室にはなぜ」

「落ち着いて、話をしようと思って。誰にも聞かれず、邪魔もされませんから。何としても、進学を決意させようと、わたしも真剣でした。まさか、窓の外から見られていたなんて」

それが、奈月が空室に侵入した真相だった。

「説得できましたか」

「いいえ、わかりません」

話は完全に堂々巡りだったという。

「根本のところでふたりの会話はすれ違ったまま」

航太は航太で自分の意志を奈月に認めてもらおうと必死だったし、奈月もそうだ。

その後も航太は賀上神社を訪れている。いまだ迷いを抱えている。自分の心は就職へと傾いているのに、それでも迷っているのは奈月が自分の道を応援してくれないからだろうか。

「肝心の、洗井さんの気持ちはどうなんですか?」

これまでの話を聞いて、苑子が気になったのはその点だ。

「進学するとして、航太くんが大学に受かったら、洗井さんはどうするんですか」

航太の気持ちに応えるのだろうか。

「すみません。それは余計なお世話ですね」

訊いてからすぐに、苑子は言葉を撤回した。でも、奈月がそこまで航太に親身になるのはどういう想いからなのだろう。かつての教え子だからだろうか。自分のために進学をやめるというのが心苦しいのだろうか。

航太は必死に、奈月との縁を手繰り寄せ、繋ぎとめようとしているのだろう。同級生の女子高生も言っていた。この先、まだまだ新しい出会いも縁もある。航太自身にもあるだろうが、奈月にもあるだろう。奈月の年齢的に、次に出会う縁はそのまま結婚へと繋がっていく可能性も高い。だから航太は焦っているに違いない。その想いは一方通行なのだろうか。

「その気がないなら、きっぱりと断ればいいのよね」

「その気、ないんですか」

　奈月は黙り込んだ。

「でも、洗井さんが隣の駅の本屋さんでバイトをしているのも、航太くんを見守るためですよね」

「え？」

「違ってたらごめんなさい。隣の駅、航太くんの予備校があると聞きました。もしかしたら、ちゃんと航太くんが予備校に通っているか確かめるためにあの本屋さんをバイト先に選んだ、とか」

　書店の向かい側にはコンビニがあると千晶が言っていた。そこはいつも航太が立ち寄るコンビニではないのだろうか。この前、屋上で、隣の駅から歩いてきたと言っていた航太はコンビニのドリンクを持っていた。

「そこまで、お見通しなんですね」

　ふいに、奈月は笑顔を見せた。それまでとは違う、何か吹っ切れたような微笑だった。

「航太くんとの将来はまだ考えられない。それが正直な気持ちです。つきあうだけなら、ってちょっとは思うけど、その先のことは応えられません。彼のことを好きかどうか以前に、わたしは今のままで終わるつもりないので」

「え？」

「クランは結局四年で廃業になってしまったけど、わたしはまだ諦めてないんです。大好きな仕事です。もう一度挑戦したい。恋をしたくないわけではないけれど、まだ自分の人生を誰かに左右されたくないんです」

自分のために航太の未来の選択肢を狭めたくない。それ以上に、奈月自身の夢を航太との恋愛で惑わされたくないのだ。

「じゃあ、洗井さんには少なからず航太くんへの想いがあるんですね。夢が、航太くんの存在で揺らいでしまうかもしれないと心配するほどには」

「そういうことです。だって九歳も年下の男子高校生からまっすぐに想いを伝えられたら——そりゃあ、揺らぎますよ。いい子だって知ってるし、正直、ときめきましたもん。まるで、自分が少女漫画の主人公になったみたいに」

漫画ならハッピーエンドになるかもしれない。悩んだり迷ったり後悔したり、時には喧嘩《けんか》もして仲直りして。たとえ強力な恋敵や仕事のライバルが登場しようと、紆余曲《うよきょく》折《せつ》の末、主人公は恋も仕事も手に入れて、ジ・エンドかもしれない。けれど現実はそうはうまくいかないだろう。

「でも数年後は、わかりませんよね」

訊きながら、苑子は考えていた。自分はふたりを結びつけたいのだろうか。航太の想いが報われてほしいのだろうか。ただ、お互いの想いの形に微妙なズレはあってもふたりの縁はこのまま終わらない。そんな気がしていた。

「数年後？」

「航太くんが進学して、四年後にちゃんと自立して。その四年のうちに洗井さんがまた起業して軌道に乗って。そうしたら」

「だからそんな漫画みたいなこと」

「洗井さんは自分のお仕事を頑張ればいいんです。航太くんは航太くんできっと頑張るでしょうから。それでも縁が続いていたら」

その時は、もしかしたら。

奈月はしばらく黙り込んで、それから「四年」と呟いた。

「四年って、けっこういい長さかもしれませんね」

「え？」

「わたしと航太くんが成長するのに」

四年あれば、もう一度資金を貯《た》めて、起業に再チャレンジできるかもしれない。

「わたしが航太くんに言えばいいのかしら。四年待っててって」

その間、もしかしたら航太は大学で新しい恋に出会うかもしれない。年の近い女の子に心が移るかもしれない。けれど、それはそれ。

「そうですね」

吹っ切れたような笑顔を浮かべる奈月が眩しくて、苑子もつられてくすりと笑った。

「四年の間に何が起こるかわからないけれど、もし縁が続いていれば」

奈月が屋上を去り、残された苑子がひとりいつもの場所でお弁当を食べていると、

「苑子も縁を語るようになったね」

設備建物の陰からひょいと幹人が顔を出した。

「み、幹人さん？　いつからどこにいたの」

「だいぶ前から。苑子が縁の話をするずっと前から」

神社の裏手に隠れていたという。

「もう、茶化さないで。恥ずかしい。聞いてたんなら出てきて、神主の本物の説教をしてくれたらよかったのに」

「あのね、説教というのは仏教とかキリスト教とかだから」

「……神道は？」

「うーん。神道には決まった教義や経典がないからね」

「そうなんだ」

それにしたって、ずっと陰で話を聞いていたとは。

「僕ひとりじゃなく、航太くんもいたんだよね。僕はともかく、航太くんがいたら彼女

──洗井さんだっけ。本心を話さないかなと思って」

「航太くんまで？　そんな偶然……あ、今日も参拝に来てたのかな」

「うん。今日はね、ここじゃなくて本宮にお参りに来てた」

「本宮に？」

　幹人が前に誘ったのだという。屋上神社にはいないことのほうが多いから、何か相談があれば本宮に来るようにと。

「本宮にいたのに、どうして」

「航太くんが、『あ、奈月さんがいる』って言うから」

　奈月さんが、いる？

（え、どういうこと？）

　幹人の言っている意味がどうも理解できない。苑子が眉間に皺を寄せ、考え込んでいると、

「あれ、知らなかったの？」

　幹人は驚いたように、設備建物の上部を指差した。見ると、建物の四つの角のうち、ふたつの角にひとつずつ、白く四角い物体が付けられていた。

「もしかして防犯カメラ？」

「うん」

設置された防犯カメラのうち、ひとつは賀上神社のほうを向いており、もうひとつは屋上の出入り口に向けられている。

「真辺さんの勧めでね。去年、こけし騒動とかあったでしょう。特に実害があったわけじゃないけど、近野ビルを管理する須田メンテナンスとしては、屋上もその管轄だし、今まで設置してなかったのは落ち度でしかないって言われて」

天気に画質を左右されない、全天候用の防犯カメラらしい。

もちろん、神社としては参拝客を見張るのではなく見守るためのカメラだが、実際にはモニターをいちいちチェックしている暇はない。

「一応、防犯カメラの映像は近野ビルの警備員室と、本宮《うち》の社務所にあるモニターで見ることができる」

今回は社務所で幹人と話していた航太が奈月の姿に気づき、ふたりして屋上神社に急いだのだ。苑子より先に到着して、奈月に見つからないようにそっと神社の裏手に回ったのだという。

「じゃあ、航太くんが毎日、屋上神社に参拝しているっていうのも」

「うん。モニターで見てた。僕は毎日は行けないから。あ、行けない時も、苑子が参拝に来ているのはモニターで見ているよ」

にこにこと幹人が言う。それはちょっと、うれしいというよりも、引く。

「で、航太くんは？」

苑子が訊ねると、幹人は神社のほうを振り返った。お弁当を置いて、見に行ってみる。

航太は祠の前でじっと手を合わせていた。

「願い事が決まったのね」

「うん。受験することに決めたそうだ」

四年間、頑張るという。奈月の支えになれるように。足を引っ張らないように。

「少女漫画のハッピーエンドを目指すって言ってた」

「航太くん、洗井さんよりも乙女だね」

「彼は彼なりに今まで縁を紡いできたからね」

切れそうな縁を奈月への想いと共に細々と一生懸命に。

紡ぐというのは綿や繭《まゆ》から幾本もの細い繊維を縒《よ》り合わせながら一本の糸にしていく作業のことだと幹人は言う。

少しずつ、丁寧に。

「そうやって紡いできた縁は、簡単には切れないいんじゃやないかな」

だがそれも良《よ》し悪《あ》しだと幹人は言う。

「想いの深さに比例する縁は何かのきっかけでダークサイドに堕《お》ちたりするからね。特に一方的だと」

「うん。彼は大丈夫だと思うけど。一途《いちず》と執着は紙一重だから」

「ストーカーとか？」

「幹人さん、責任をもって見守ってあげてね」

「僕が？」

「何かあるたびに、きっと航太くん、幹人さんのところに来ると思う」

賀上神社信者というよりは幹人信者だ。

「参ったなあ」

そう言いながら、少しも困った顔ではない。

「すべては神様の一存だし。僕は橋渡しをするだけの存在で何の力もないよ」

「それでも幹人さんは、迷っている人や頼ってきた人を見ないふりはしないでしょう？」

神主ゆえにか、幹人自身の性格か。

「それは、苑子もそうだと思うけど」

「え？」

とても意外なことを言われ、ぽかんとする。

「僕はどちらかというと、苑子が関わってる人と関わる羽目になっているというか」

「そんなこと――」

どうだろうか。思い返せば、心当たりはある。

「でもね、わたしだってむやみにお節介とかをしているんじゃないのよ。セキュリティ……そう、このビルの中でセキュリティに異変が起きた場合のみ出動してるの」

「出動ね」

すっかり須田メンテナンスの社員だね、と幹人はからかうように笑った。


クリスマスパーティー当日の朝、幹人から電話がかかってきた。

「え、中止？」

「うん。陽人が熱を出して」

「陽人くん、大丈夫なの？」

「インフルエンザだって」

一昨日に、小学校の終業式を迎え、昨日から楽しい冬休みに入ったというのに、その日の夜から高熱を出してしまった。今日、朝一番にかかりつけの小児科に行き、そう診断されたという。

熱のわりに本人は元気で、それなのにクリスマスパーティーはできないと言われ、ふてくされているそうだ。

苑子は仕事終わりに、渡すはずだったクリスマスプレゼントを持って本宮へ行った。陽人の顔だけでも見たかったが、幹人に止められた。苑子にインフルエンザをうつしてはいけないし、苑子の顔を見ると陽人が喜んで興奮するから、と。たしかに、さらに熱が上がっては大変である。

社務所はもう閉まっていたが、着いたことをメールで知らせると幹人が出てきた。

「寒いから、とりあえず中に。散らかっててごめん」

社務所の中は、一週間後に大晦日《おおみそか》、そして新年を迎えるための準備で大忙しの様子が見て取れた。大広間に、お札やお守りなど授与品と呼ばれるものが大量に並んでいる。

「すごいね」

「新年の授与品は夏ごろから用意を始めてるんだけどね」

「夏から？」

「神前で祈念をするから」

空いているスペースに促され、丁寧に座布団を勧められる。

「あらあ、あんたたちなの。誰かいると思ったら」

そこに幹人の母が気配もなく突然現れた。苑子は座ろうと屈《かが》みかけた体勢から慌てて背筋を伸ばす。

「メリークリスマス」

まだイブだけど、と付け加えて幹人の母は不敵に笑った。

「母さん、びっくりするだろ」

「あ、あの。お邪魔してます」

「いらっしゃい。まあ、寒いのに暖房も付けないで」

「いえ、すぐに帰りますから。陽人くんにプレゼントを持ってきただけなので」

「せっかくだからゆっくりしていきなさいな。……ああ、あたしが邪魔だわね」

「そんなことないです！」

苑子はあわあわと否定する。

「だってクリスマスイブじゃないの。盛り上がる夜でしょう」

「母さん、何言ってんだよ」

「そうだ。こんなとこにいないで、出掛けてきなさいよ」

「こんなとこって」

「だって、神様が違うでしょう。何なら帰ってこなくてもいいし」

「はあ？」

幹人の母はさすがというか、幹人よりも一枚も二枚も上手だ。いつも飄々《ひょうひょう》としている彼がたじたじである。意を決し、苑子は会話に割って入った。

「そんな、だめですよ。陽人くん、熱を出して寝ているのに」

「もう薬飲ませたから大丈夫。ぐっすり寝ているし、あたしもいるから」

「でも」

「そうねえ。朝の六時半には帰宅しなさいね。陽人が起き出してくる前に」

あえなく返り討ち。幹人が敵《かな》わないのに苑子が敵うはずもなく。

それに。

クリスマスイブに幹人とお出掛け。

ものすごくテンションが上がるうれしい提案である。

だが、しかし。苑子はもう一度首を横に振った。

「やっぱり、やめておきます」

「あらどうして」

「陽人くん、もし夜中に目が覚めてパパがいなかったら心細いでしょうし」

「……そう？　残念ねえ」

幹人の母は心底残念そうな顔をして軽く肩をすくめた。それ以上は何も言わず、母屋のほうに消えていく。

「苑子、いいの？」

「え？」

「クリスマスイブのお出掛け、しなくても」

幹人まで残念そうに言うので、苑子は吹き出してしまった。

「うん。こうして、会えたから」

会えるだけでうれしいのだ。どの神様がおわす場所でも関係ない——などと思っては罰当たりだろうか。

「ええと、これ、陽人くんへ」

「ありがとう。渡しておく」

サッカーシューズだった。パパサンタ本人に重ならないものを聞き、陽人にもそれとなくお気に入りのスポーツブランドや足のサイズ、好きな色をリサーチして、ショップ店員と長々相談しながら決めた。

「陽人、喜ぶよ」

「熱が上がったら困るね。そういえば陽人くん、サンタさんには何をお願いしてたの？」

すると、幹人は立ち上がり、社務所の事務机から何かを取り出して苑子に渡した。

「陽人からサンタさんへの手紙」

「見ていいの？」

「うん」

千晶に教えてもらったアニメキャラクターが端に描かれた便箋だった。クリスマスパーティーの招待状に書かれていたのと同じ、陽人の字。それすらも愛《いと》おしいと思う苑子である。だが。

「え……」

書いてあった願い事に苑子は言葉を失う。

——サンタさんへ　ぼくにママをください

「幹人さん、これ」

苑子は幹人の顔を見た。笑っているのか困っているのか真顔なのか、よくわからない表情をしている。

「陽人はさ、もう知ってるんだよね」

「何を？」

「サンタさんはいないってこと」

友達に聞いたらしい。兄や姉がいる同級生は現実を知るのも早いらしく、サンタの正体も例外ではないそうだ。

サンタはいない。毎年クリスマスにプレゼントをくれるのはサンタではなく身近な家族である。それを知っていて、陽人はこの願いを書いた。メッセージを読むのは父親である幹人だとわかっていて。

しかも、苑子を自分でクリスマスパーティーに招待した。

その意味は。

「うん。僕もわかってる」

幹人はあいまいな表情のまま、苑子を見返した。

「でも、もうちょっと待って。その時が来たらちゃんと言うから」

縁つぎ

1

外よりはもちろん気温は高いのだろうが、外気を遮断しているというだけで暖かさなどは微塵《みじん》も感じず、むしろ種類の違うひんやりとした空気が漂う中、苑子は単調な足取りで階段を下りていた。

今日は幹人に会えなかった。

年が明けて半月。まだ節分が終わっていないから忙しいのだろう。かつんかつんと足音がいつもより冷たく響くように思えるのはきっと冬のせいだけではない。

（ああ、寒っ。足、だるっ）

階段ではなくエレベーターを使えば、空調の効いているフロアに直行できるのに。

我ながら妙なところで律儀というか頑固というか。

賀上神社への行き帰りは階段参道を使うのが習慣である。誰も見ていないのだから楽をすればいいのに。誰も見ていない――いや、神様が見ている。と、考えてしまうあたり、自分でも呆《あき》れてしまう。

オフィスまであと三階——階段室の壁の〝3〟を確認しながらコーナーを曲がった瞬間である。

「わっ」

突然、目の前が明るくなり、何かの光が苑子の顔を照らした。眩《まぶ》しくて目を閉じた拍子に階段から足を踏み外しそうになったが、手すりを持っていたので何とか持ちこたえる。反射的に体は動いたものの、何が起こったかは理解できない。

「あれ、瀬戸さん」

聞き慣れた声がして、目を開けたが、光に直撃されたせいか、視界は暗くちかちかして何も見えない。だが、声は真辺のものだとわかる。

瞬《まばた》きを繰り返し、数秒後にようやく視力が戻った。そこにいたのはやっぱり真辺部長で、苑子のいるところから五、六段下からこちらを見上げていた。手に、懐中電灯を持っていた。

「大丈夫？」

「はい」

「驚かせちゃったかな。わざと光を当てたわけじゃなかったんだけど」

階段室は薄暗いが、ちゃんと電灯があり、人の顔くらいは判別ができる。もちろん足元も行く手も見通せる。なぜ懐中電灯が必要なのだろう。

「ああ、これ」

真辺は本当に笑っているのか笑っていないのか、明るいところでも判別不能の恵比須《えびす》顔《がお》で懐中電灯を掲げた。

「ちょっと探し物をね」

「探し物？」

「うん」

「何か落とされたんですか？　一緒に探します」

「いや、いいんだ。落とし物じゃなくてね」

真辺は言葉を切った。徐《おもむろ》に懐中電灯で自分の顔を下から照らし、呟《つぶや》く。

「――――開かずの扉」

不気味に照らし出された恵比須顔と、その答えに、「ひっ」と苑子は仰《の》け反《ぞ》った。

「そんなに驚かなくても」

驚かせようとしたくせに、心外そうに言う。お茶目なのか気紛れなのか、たまに部下を煙に巻くような発言をする上司である。

「あの、開かずの扉って」

「うん。そのままの意味。それを探しているんだよね」

言って真辺は階段室の壁やら天井やらに懐中電灯を向ける。そこにあるのはただの壁や天井で、扉らしきものはない。

「あの、それが階段室にあるんですか？」

「どうなんだろうね。それより、瀬戸さん、時間大丈夫かい？　遅れるとまた倉永さんに大目玉食らうよ」

「あ、いけない」

失礼します、と駆け出したものの、何だかまたもや翻弄されたような気がする。

（本当に開かずの扉なんて、探していたのかな）

苑子をからかっただけだろうか。もしかしたらまたセキュリティ関係で、ひそかに見逃せない事案ができたのかもしれない。社長や専務に報告するほどでもなく、部下に説明するわけでもなく、真辺自身がひとりで楽しんでいる——といえば語弊があるかもしれないが、こっそり抱えているセキュリティ事案があったとしても、驚きはなかった。

（そういうの、きっといっぱい持ってるんだろうなあ）


「あら。それ、わたしも見たわよ」

「それ？　開かずの扉をですか」

「違うわよ。懐中電灯を持ってうろうろしてる真辺部長」

ちらほらと、午後の文化教室の受講者たちがやってくる。第一教室は「笑顔文字講座」、第二教室は「気軽にスペイン語講座」、第三教室は「歌謡曲でヴォイスレッスン」、第四教室は空きで第五教室はワークショップ「ミニチュア粘土細工講座」と、相変わらずバラエティに富んでいる。

寒い季節は外に出るのが億劫《おっくう》なのか、春や秋に比べて受講者は少ない。内容にもよるのだろうが、リストを見ると各講座十人未満、中には五人にも満たない講座もある。

ゆえに、受付もあっという間に終わってしまう。

「階段室でですか？」

「六階？」

「わたしが見たのは六階だったかしら」

「ほら昨日、お客様を案内したでしょう」

ああ、と苑子は頷《うなず》いた。昨日のちょうど今頃の時刻、六階の緒方《おがた》建築設計事務所に来客があり、千晶が案内したのだ。

その帰り、六階のフロアで真辺に出くわした。電気が点《つ》いている明るい廊下で、なぜか壁や天井を懐中電灯で照らしながら歩いていたらしい。

「思わず、『水漏れか何かですか？』って訊《き》いちゃったわよ」

「部長は何て」

「『いやいや、ちょっとね』って」

開かずの扉という言葉は聞かなかったという。

「だけど、ということは、階段室や六階だけじゃなく、ビル内の各階にも出没してそうですよね」

「そうね。元気そうで何よりだわ」

頻繁に通院しているところを目撃されている真辺である。病気ではないかという疑惑は拭えていない。だがいずれにせよ、そうして動き回れるほどには健康なのだとほっとする。

「でも……開かずの扉って、何でしょうね？」

――開かずの扉
開かずーの
長い間開くことがない、また、開けることが禁じられている。
「開かずの踏切。これはたまに聞きますね。開かずの間は禁忌などで戸を閉め切ったままの部屋。あとは開かずの門とか。扉は載ってません」
苑子はスマホ画面をスクロールしながら文章を読んでいく。『開かずの』で検索して出てきたページだ。

「てことは、開かずの扉も長い間開けていない扉ってことですよね。そのまんまだなあ」

千晶が黙々と着替えているので、苑子はひとりでしゃべっているみたいだ。そこに美冬が勤務を終えて女子更衣室に入ってきた。制服姿のままスマホを握りしめていた苑子を不思議そうに見た。

「……ええっ。部長、そんなことしてるんだ」

苑子が一連の話をすると、ロッカーに脱いだ制服のベストを掛けながら、驚いたように振り返った。初耳だったらしい。

「園田さん、知らなかったの？」

美冬は真辺の直属の部下で片腕で秘書のような存在だ。すべて行動は把握していると思っていた。

「んー。そういえば最近デスクにいないことが多いなって思ってたけど。ビル内点検とか言って、ふらふら徘徊《はいかい》するのは日課みたいなものだから気にしてなかったわ」

だが言われるとたしかに徘徊の時間は長くなっているような気がすると美冬は言う。

それに、今までは懐中電灯なんて持って行っていなかったと。

「つまり、その開かずの扉を探して、あちこち天井や壁を念入りに調べてるってこと？」

「それ、わたし、訊かれました！」

と、会話に入ってきたのは有来だった。

「ていうか、そのせいでこんな時間まで掃除がかかったんですけど」

「どういうこと？」

話は数珠《じゅず》つなぎに長くなっていく。

途中で千晶が「お先。続きは明日聞かせて」と言って帰っていったが、苑子たちはとりあえず着替えを終え、例によってミーティングルームに向かった。それぞれ好きなホットドリンクを準備し、テーブルを囲む。ミーティングルームはあくまで会議の場であって休憩所ではないのだが、受付担当、庶務担当、清掃担当の三人は業務内容がばらばらゆえに、仕事の件でこの場所を使ったことはない。

「先週だったかな。廊下を掃除してたら真辺部長に声をかけられて」

――掃除をしていて、気になる扉を見たことはないかな
「って」

質問の内容が漠然としていて意味がわからなかった有来が返答に困っていると、真辺も説明に困ったような顔をしながら、それでも意図を伝えようと試みた。

――ほら。何でこんなところに扉があるんだろう、っていうような。壁とか天井とか床とか。開いていることも見たことがなくて

「あっ、それならあたしも見たことがある！　小さい真四角の扉というか出入り口みたいなの」

苑子は意気込んで言った。だが有来も美冬もまったく乗ってこない。

「あーたぶん、瀬戸さんが言ってるのは天井点検口とか床下点検口とかだと思います」

その名のとおり、天井裏や床下のメンテナンスをするために設けられている点検口だという。

「そっか。そうよね。そんな簡単なもんじゃないよね」

へへへっと苑子は自分の無知を笑ってごまかす。

ともかく、有来には覚えがなかった。

――じゃあ、いいんだ
部長もそれ以上は訊かなかった。だがほかの清掃員にも心当たりがないか訊《たず》ねてみてほしいと頼まれた。言われたとおり、ほかにふたりいる清掃員にも伝えたが、首を捻《ひね》るばかりだった。

「部長ったら、何でいきなりそんなこと」

秘書たる役目の自分にはひとことも訊いてこないのに、と美冬は不服そうだ。

「きっと、ビルの中を隅々まで掃除している有来ちゃんたちのほうが知っているかもしれないと思ったのよ」

と、苑子はさりげなくフォローする。

「でもそんな扉あったら、それこそ真辺部長が知らないはずないですよね。だって誰よりこのビルのこと知ってて管理してるの、部長だし」

その真辺部長も知らない扉。

「そんなもの、あるのかな」

苑子が首を傾《かし》げる。

「あると思って探してるのよね」

「何で急に探そうと思い立ったんでしょうね」

「前から扉のこと知ってたのか、それとも最近何かで知ったのか」

「知ってたけど見つけられてなくて、でもどうしても見つけようと一念発起して探し始めた、とか」

「一念発起――なにかきっかけがあったんでしょうか」

「きっかけ？」

「どんな」

「ほら、真辺部長、病院通ってるって。やっぱり病気なんじゃないですかね。それも重病で。だから元気なうちに探し出しておこうって」

「ちょっと、有来ちゃん、言っていることめちゃくちゃだけど」

「そうよ。重病なのに元気なうちって」

「なぜ、話がそっちに行くんだい？　最近知ったんだよ」

いつぞやのデジャヴのように、三人の会話の中に真辺の声が自然に交じった。

「ぶ、部長」

三人同時に椅子から腰を浮かせる。

「僕、重病どころか病気ですらないけど。ああ、血液検査は基準値じゃない項目もあったかな。GOTとかGPTとか」

「肝臓ですね。お酒控えないと」

美冬が眉を寄せた。

「とにかく。僕はこのとおり、元気だから」

真辺は咳払《せきばら》いをしながら胸を張った。

「開かずの扉のことは、さっきも言ったけど、最近知ったんだ」

「じゃあ、病院にはどうして通ってらっしゃるんですか？」

苑子が問うと、真辺は細い目を少しだけ伏せ、小さく息をついた。

「知り合いがね。入院してるんだ。開かずの扉のことはその人から聞いたんだよ」

「入院されている人から」

「ああ。近野学《まなぶ》さん。このビルのオーナーだ」

近野学氏は御年、七十歳。九年前、このビルを前の所有者、崎田商事から買い取り、近野ビルと命名、オーナーとなる。

「近野さんは特に事業家というわけではなかったそうだ。不動産も収益ビル一棟――つまりこの近野ビルのみ。ご実家は何か商売をされていたそうだが、近野さんは家業を継がず、勤め人になった。建設会社にお勤めだったと言ってたかな。一つの会社で一会社員として定年まで勤めあげて退職したのが十年前。その一年後、このビルを買い取った」

「普通の会社員がよくオフィスビルなんて買えましたね」

ビルの月々のテナント料さえはっきり把握していない苑子は、オフィスビルの不動産価値も売値もさっぱり見当がつかない。それでも億単位の値段であろうことは想像できる。

「株を運用して資産を増やしたそうだ。それをほぼ全額つぎ込んで頭金にしたらしい」

その近野氏が去年の秋、体調を崩し、入院することになった、と真辺に連絡をしてきた。近野ビルは須田メンテナンスとして管理を任せているが、真辺とは仕事を超えたつきあいもしていたという。

「それでお見舞いを」

美冬が真辺のコーヒーを用意して運んできた。真辺もテーブルに着き、ことの経緯を語り出す。

「うん。週に一回か二回くらいかな。平日には行けなくても、週末の土日どちらかは顔を見に行っている」

それは、いくら仕事を超えたつきあいとしても——友人としても多いほうではないだろうか。そう思ったのは苑子だけではないだろう。

そんな部下たちの反応を見て真辺は苦笑した。

「近野さんはご家族がいらっしゃらなくてね」

四十を間近に結婚をし、息子もひとりいたが、その息子が小学校に上がる前に離婚した。息子は元妻が引き取り、以来、約二十五年。息子が大学を出るまで養育費は払っていたが、元妻や息子とは一度も会っていない。離婚を機にふたりは元妻の故郷である名古屋へと、居を移してしまったからだ。

「近野さんも高齢だし、ご両親はずいぶん前に鬼籍に入られている。兄弟も親類もおらず、天涯孤独の身だと言われてね。もちろん、それが気の毒だからというだけで会いに行っているわけじゃないが」

「いいご友人なんですね」

「そうだね」

苑子の言葉に真辺はふわりと笑った。

「で、開かずの扉って何ですか」
しんみりしている空気に美冬が切り込む。
「そう、開かずの扉ね。だからそれがわからないんだよなあ。近野さんいわく、このビルのどこかにあるらしいんだけど」
——真辺くん、知ってるかい？　うちのビルのどこかに開かずの扉があるんだよ
——開かずの扉？
——そう。ずっと閉じたままの場所があるの。探してごらん
——ビルのどこかにあるんですか？
——テナントの中にはないよ
——では、ビルの共有部分のどこか
——そうだね。ぜひ真辺くんに見つけてほしいんだ
——僕に
——それでね。それを継いでいってほしいの
——継ぐ？
——その扉の中にあるものをね
——僕が継ぐんですか
——ああ、別にお宝とかじゃないよ。継ぐというか託したいんだ

――託す……

――まずは見つけてごらん。きみはそういうのが好きでしょう

「そんな会話をしたのが先々週のことだ」

年末年始の間も、真辺は二度ほど、病床の近野氏を訪ねた。正月は一時帰宅が許される患者も少なくない中、彼は病院で年を越した。

「だから、あらためて覚悟をしてしまったんじゃないかな」

「覚悟?」

「年を越しながら、自分の身のことを」

近野氏は末期の癌《がん》だという。延命治療も望んでおらず、ただ死を待つ身だ。

――まだ見つからないかい?

先週、見舞いに行ったとき、真辺の顔を見るなり近野氏は笑った。そんなに簡単には見つからないだろうと言いたげな、少し得意げな笑顔だった。

――お手上げです

――おや、降参かい?

――あと一週間。待ってください。探してみせますから

わかった、と近野氏はうれしそうに頷いた。真辺が探し出せたとしても、探し出せずに降参したとしても、きっとどちらでもいいのだろう。こうして真辺と会うことが楽し

いのだと、真辺にもわかっていた。

「昨日がその一週間の期日だったんだよね。降参するつもりで行ったんだけど」

真辺はそこで言葉を詰まらせた。

「昨日の朝から、昏睡《こんすい》状態に入ってしまったらしい」

もう話はできないし、持ち直すこともおそらくはない。もって一週間くらいだろうと医師は言っていた。

「だから、開かずの扉は自力で見つけないといけないんだ」

見つけて、扉を開けて、託されたものを受け取らなくてはならない。

「でもそのほかに、実務的な問題も残っている」

「実務的な問題?」

「近野さんが亡くなったあと、このビルをどうするか。誰が相続するのか。いや、相続する人は決まっているんだ」

「どなたですか?」

「息子さんだよ」

遺言書も作成しており、弁護士に預けていると言っていた。真辺はその弁護士にも何度か病院で会ったことがあるそうだ。遺言書の内容は当然伏せられているが、近野氏は常々、ビルは息子に譲りたいから居場所を調べてほしいと、弁護士に依頼していたようだ。何十年も前から疎遠になってしまっている息子の所在を、近野氏は把握していなかったらしい。

現住所はわかっているが、落ち着きのない生活を送っているようで、当人の居場所が今なお摑《つか》めない。元妻とは連絡が取れており、そこを通じての連絡待ちだが、なかなかコンタクトが取れないのだという。

「じゃあ、開かずの扉の中にある何かも、結局は息子さんが受け継ぐんじゃないですか」

「そうだろうね。僕は託されただけだから」

「それを息子さんに引き渡す役目を託されたんですね」

だが肝心の開かずの扉の場所がわからない。中にあるものが何かも不明。近野氏は種明かしをするつもりだったのだろうが、できないまま逝こうとしている。

「でもまあ、遺言書には書かれているのかもしれないね。開かずの扉の場所も中身も。ただ、僕とそういう遊びをしたかっただけかもしれない」

2

行方知れずだった近野氏の息子、古屋《ふるや》稔《みのる》が弁護士と共に須田メンテナンスを訪れたのは翌日の夕方、終業間際のことだった。

受付をしたのは苑子で、真辺に会いに来たという。年は三十過ぎほどの、体格のいい男性だった。真辺がロビーまでふたりを迎えに来て、オフィスへと案内していった。

終業後、美冬に聞いた話だが、古屋は定職に就かずふらふらしていて居場所が摑めなかったのではなく、フリーのライターをしており、国内外を転々としているのだそうだ。母親から、病床の父親について連絡を受けたのは去年の年末のことだったらしいが、海外にいてすぐには帰れなかった。今年になって帰国したものの、数十年前に生き別れた父親との再会に気持ちの整理がつかず、見舞いにいくタイミングを見計らっていたらしい。

だが、いよいよ危ないと聞いて腹を括《くく》り、弁護士に連絡をしてきた。須田メンテナンスに来る前に、弁護士に連れられ、病院に行ってきたそうだ。

遺言書が開封されるまで——つまりは近野氏が亡くなるまで、具体的な相続の話はできないし、古屋が須田メンテナンスを訪れる理由はない。

万が一、遺言書の中身が、生前近野氏が言っていた内容と違い、相続人が古屋ではなかったら、今後の手続きも不要である。

それでも古屋が真辺に会いに来たのは、父親が言う開かずの扉の話に興味を持ったからだという。近野ビルの中に開かずの扉があり、その探索を管理会社の社員にさせていると近野氏は弁護士に話しており、古屋の耳にも入ったらしい。

だが、古屋に覚えがあったわけではない。その逆だ。

――開かずの扉なんて、きっと親父《おやじ》の創作ですよ
そう真辺に告げるために来たというのだ。

「何かね、ずっと皮肉気な口調だったわ」

彼らにお茶出しをし、耳を澄ませて話を聞いていた美冬によると、古屋は父親によい感情を抱いていないようだという。離婚の原因はわからないが、別れた元妻の影響だろうか。母親から父親の悪口を聞いて育ったのかもしれない。

「開かずの扉のことは表向きで、単に、自分のものになるかもしれないビルを見に来たんじゃないかしら」

――開かずの扉なんてない。父親はひとりぼっちで寂しくてあなたにゲームを仕掛けた。それだけですよ
それは、部長本人も言っていた。

そういう遊びをしたかっただけなのかもしれないと。

「それで部長は、なんて?」

「俄然《がぜん》、燃えてきたみたい」

「え?」

「あんな恵比須顔してるけど、案外負けず嫌いなのよ、部長」

――それでもまだ、ゲームセットにはしたくないですね
「ないという保証もないでしょう、ってね」

どちらにしても、遺言書が開封されればわかることだ。けれど近野氏が生きているうちは開封できない。

「まだ近野さんは生きているから」

だから答えはわからない。ゲームセットではない。

――どうぞ、ご勝手に
捨《す》て台詞《ぜりふ》のように言い残して古屋は帰っていったという。

「ほんと嫌な感じだったわ」

「でももしかしたら、その人がこのビルのオーナーになるかもしれないってことよね」

「うわあ。ほんとだ」

やだやだと美冬は顔をしかめ、

「そもそも、その人、相続税とか払えるのかしらね」

と、毒づいた。

「払えずに売却とか。すぐに売れなかった場合、オーナー不在だとビルってどうなるんだろう。テナントは？」

「さあ。不動産会社預かりになるのかなあ」

オフィスでは従業員が帰り支度を始めている中、真辺が席を立つところだった。鞄《かばん》は置いたまま、出ていこうとする。手に、懐中電灯を持っている。

「あ、部長」

苑子たちに気づき、立ち止まる。

「一度は降参しようとしたけどね」

ばつが悪そうに懐中電灯を見つめる。

「できれば見つけたって報告をしたいんだ。たとえ近野さんの意識が戻らなくても。ほら、耳元で話せば聞こえてるっていうだろう？」

それに、と真辺は続ける。

「あるかないかわからないけど、管理してるビル内に自分の知らない空間があるかもしれないのに放置しているというのは職務怠慢に当たると思ってね」

「わたしたちも手伝いましょうか？」

苑子と美冬はどちらからともなく言い出す。

「残業代は出ないよ」

真辺は断りを入れつつ、部下たちの分も懐中電灯を用意する。

「ええ、職務なのにですかあ」

ぶつぶつ言いながら美冬が受け取る。自分たちはみな、セキュリティの呪いにかけられているのだ。さあ、それを解きに行かなければ。まるで冒険の始まりのように、三人は連なって須田メンテナンスのオフィスを出た。

「たぶんだけど、階段室にあるような気がするんだよね」

「何か根拠はあるんですか？」

真辺が言い、美冬が鋭く訊ねた。

「ないけど」

ないんかい、と芸人のように心の中で突っ込みながら真辺についていく。一度、階段を下り、地下二階から見ていくことにした。

「でも、もう階段室は見て回ったんですよね？」

「一度はね。だけど、見落としている場所があるかもしれない。目が二つから六つに増えたことだし、じっくり見ていこう」

昼間も夕方も薄暗さや寒さは変わらない。たまに仕事を終えて階段室を通って帰っていく従業員とすれ違う。例外なく、何事かという表情で苑子たちを見ていくが、帰途につく足取りは緩まない。

苑子たちも集中して、階段室の中を確認する。

壁、天井、踊り場。

だが見慣れた空間がそこにあるだけで、扉らしきものはどこにもなかった。苑子にとってはほぼ毎日、何百回と上り下りしている場所である。扉などがあれば気づいているだろう。それでも壁に触れて不自然な凹凸がないか、天井や床に隙間のようなものがないか、目を皿のようにして見渡した。

「ないですねー」

地下二階から地上十階まで、それぞれ尽力して調べながら階段を上がってきたが、それらしきものは見つからなかった。あと残っているのは屋上へと続く十数段の階段のみだ。

「せっかくだから屋上も見てみましょうか」

苑子は提案してみたものの、屋上にあるのは設備建物と賀上神社だけであることもわかっている。壁はないし、もちろん見上げても天井ではなく空が広がるばかりだ。けれど普段歩いている地面はどうだろう。

「あ」

だが屋上に出た途端、三人の間に緊張が走った。

すでに日が暮れた夜闇の中、人影がひとつあったからだ。

(こんな時間に参拝客?)

時間はまだ六時台なのでおかしくはない。それでも三人ともが少し身構えてしまったのは、周囲のビル群の明かりにうっすらと照らし出されたその人物の姿を見知っていたからだ。

「古屋さん」

真辺に呼ばれた人影が驚いたように一歩後退《あとずさ》りしながら、こちらを向いた。賀上神社の前に佇《たたず》んでいた古屋は、ここからではよく表情が見えないが、あちらも警戒しているのが伝わってくる。古屋のほうからは三人とも完全に影になっていて誰なのかわからないのだろう。

「先ほどはどうも。須田メンテナンスの真辺です」

「……ああ」

安堵《あんど》と緊張が入り混じったような返事が聞こえた。

「なぜこちらに」

近づいていきながら真辺が問う。ようやく互いの顔が判別できる距離になったところで、古屋は、そっちこそなんでここに――と言いたげな目をしながら、

「屋上に神社があると弁護士が言っていたので」

ぶっきらぼうに答えた。

「地下から階段で？」

「それが参拝方法なんですよね」

美冬が言っていたとおり、古屋は不機嫌そうで、ずっと喧嘩腰《けんかごし》の口調だ。たしかに感じが悪い。

「あの、お父さんの回復を祈願しに来たんですか」

何気なく訊ねた苑子を、古屋がぎろりと睨《にら》んだ。だが、肯定も否定もしない。

「おたくたちこそ、まさかこんなところにまで例の開かずの扉とやらを探しに来たんですか？」

「そのまさかです」

「この寒さの中、ご苦労なことですね」

「託されたのでね。探せるところは手を尽くしたいんですよ」

真辺は挑発めいた古屋の言葉を受け流し、地面に懐中電灯の光を当て始めた。

「あんな冷たい人間の遺言が何だっていうんです。……何を、残したっていうんだ」

吐き捨てる古屋に、つい苑子は「あの」と話しかけてしまった。

「まだ、お父様は生きてらっしゃるので、遺言、とか、残した、なんて過去形で話すのはどうかと。せめて、残そうとしている、とか」

いつもはさして気にならない言い回しがなぜか気になってしまう。古屋はうるさそうに苑子を睨み、静かに目で威嚇してくる。苑子は逃げるように背を向け、真辺や美冬を追って地面の上を探し始めた。

「だいたい、何だってあいつはこんな身分不相応なビルを買いやがったんだ。俺に相続させようなんて、税金どうすんだよ」

相続税、五千万以上だぞ、そんな金がどこにある――古屋はぶつくさぼやきながら、なぜか開かずの扉を探す三人の後ろをついてくる。

「弁護士に聞いたら、こんなビルを所有しておいて、自分は郊外にある賃貸マンションに住んでるとか。それも築三十年をゆうに超える中古マンションです。２ＤＫ。五階建て。なのにエレベーターもない。ちなみに家賃は五万円弱。ここのビルのテナント収入はほぼビルのローンの返済に消えてる。収益は微々たるもんだそうです」

そうなのか、と苑子は意外に思った。

会社員とはいえ、株を運用し、ビルのオーナーになった、と聞けば何となく豊かな生活を思い描く。

「このビルは、代々続いた家の土地を売って、その金を元手に株を転がして買ったもんだ。あいつの冷たさの象徴ですよ」

誰に聞かせるともなく、古屋は薄暗がりの中で独白を続けた。

近野氏の生家は戦前から続く商家だった。それが一九八〇年後半から一九九〇代初頭の好況期、つまりバブル期に、地上げ屋から目を付けられた。近野家を含むいくつかの商店や古い住宅が軒を連ねる土地一帯を買い占めようとしたのだ。

破格の立《た》ち退《の》き料を提示されても、頑《かたく》なに首を縦に振ろうとしない土地の所有者たちだったが、そこを内部から切り崩したのが近野氏だという。

「店は祖父がひとりで切り盛りしていました。祖母はもう亡くなっていましたから。――ひとりで店をするのはもう難儀だろう。潮時だから、金を受け取って店を閉めてはどうか、ってね。まるで悪魔の囁《ささや》きじゃないですか。ひとりでやる羽目になったのは誰のせいだ。息子の自分が継がなかったからだろうが。それを」

だが近野氏の父親はそれを受け入れ、店を廃業し、土地を手放す決心をした。一枚岩の一角が崩れると、まわりの商店も住人たちも、ずるずると引きずられるように地上げ屋の提示した契約書に判を押していった。一九八八年のことだという。近野家は店の上が住居になっていたので、住居の引っ越しも余儀なくされ、生活も新しい土地で一から始めなければならなかった。

「代々の土地と家と店を失った祖父は一気に老け込んで、翌年あっけなく死んでしまった。親父の手元には受け継いだ立ち退き料が残った。土地を手放したとき俺は母親の腹の中にいたから、あとから聞いた話ですが」

その後、古屋が六つの時に、両親は離婚。直接の原因は母親からも聞いたことはないが、どうせ父親の人間的な冷酷さや金への執着に嫌気がさしたのだろうと言う。

つらつらと続く古屋の父親への恨み言は何とも言い難い熱がこもっていて、聞き流せばいいのに、開かずの扉を探していることも忘れ、つい耳を傾けてしまう。それは苑子だけではないようで、屋上の地面を照らす懐中電灯の光は三つとも、さっきから止まったままだ。

「地上げ屋には時に乱暴な連中もいますからね。立ち退きを勧めたのは身内に身重の人、つまりあなたのお母さんがいたから、とも考えられます」

ふいに、誰もいないはずの方向から声がした。鳥居のほうだ。

「誰だ」

古屋も苑子たちも一斉に振り返った。

すでにとっぷりと暮れた夜闇の中に、ぼんやりと光が灯《とも》っている。人の頭くらいの高さだろうか。懐中電灯の明かりではない。もっと不確かで仄明《ほのあか》るい光だった。光はふたつあり、その間に人が立っている。

だが声は知っている。

(幹人さん？)

鳥居の両端に置かれている灯籠に火が灯っているのだ。夜の風に火は揺れ、大きくなったり小さくなったりするが、消えることはない。

(いつのまに)

開かずの扉を探していた苑子たちと古屋はみな、吸い寄せられるかのように鳥居の前に集まった。

鳥居の向こうから人影が近づいてくる。

数メートルの石畳を、ゆっくりと。

何やら芝居めいた登場の仕方だ。だが別に衣装を身に着けているわけではない。ほとんど暗闇に埋没しているが、セーターにデニム、ロングコート、といつもどおりのカジュアルな格好だ。

灯籠が幹人の上半身を照らし出す。

「誰だ、あんたは」

「神主です」

「神主？」

「はい、この賀上神社の」

「……神主が、いったい何を」

「近野さんのお父さん、店主をされていた方が、当時、健康を害されておられた話も聞いてないいんですか」

もともと、その先長く店を続けることは身体的に無理があった。それもあって息子の近野氏は引退を勧めた。

幹人の口調はひどく断言的で、憶測ではなく真実を語っているように思わせる。だがなぜ幹人がそのようなことを知っているのか。

「何の話です。そんなでたらめを言われても」

「近野さんのお父さんの店——近野和菓子堂はうちもよくお世話になっていましてね。僕がというよりは、僕の父や祖父が、ですが」

「近野和菓子堂……？」

呟いたのは苑子だ。幹人は苑子に視線を向け、ふんわりと頷いた。

「た、たしかに、祖父の店は和菓子屋でした。祖父の祖父が、昭和の初期に始めたと」

「その両隣にはパン屋と喫茶店。ほかにも、金物屋や古書店がありました。裏手には戦後すぐに建てられたアパートや長屋があったようです。いちばんの老舗が近野和菓子堂でした」

「なぜ、それを」

「あなたもご存知でしたか」

「写真で、見たことがある」

用心深く幹人を見定めようとしている一方で、古屋はその問いにはするすると即答した。

「そうです。いちばん古株の祖父が首を縦に振った。だからほかの店やアパートの大家たちも追随せざるを得なくなった」

「では、その近野和菓子堂やほかの商家や住宅があった場所に、今の近野ビルが建っているということは知ってますか」

「え？」

屋上にいる幹人以外の人間が、虚を衝《つ》かれたように一斉に動きを止めた。

「近野さんは、かつて自分の生家があった土地を買った。買い戻したというのかな」

「そんな」

「ご存知じゃなかったんですね」

「母親も、土地の住所までは言っていなかった。聞いていても、小学一年生からずっと名古屋育ちの俺にはぴんと来なかっただろう。それまでは東京に住んでいたが、ここからは離れていた。店があったときは、祖父と両親は店の上で暮らしていたそうだけど」

話には聞いていても、近野和菓子堂があった場所は、古屋にとって見知らぬ土地だったのだ。

「ここが？」

古屋はうろたえたように自分の足元を見下ろした。自分が立っている場所を確認するように凝視し、唇を真一文字に結ぶ。

「ええと、松葉さん」

真辺が口を開いた。

「今の話は」

「はい。父から聞きました。同じ町内の出来事ですから」

おそらくは賀上神社本宮が、この界隈《かいわい》でいちばん古くから存在しているのだろう。

幹人は七代目だと前に聞いた。

「近野さんたちが土地を売ったのは一九八八年。そこから何度か転売されて、これは憶測ですが、土地の価格がピークの時に崎田商事が土地を買ってビルを建てた」

ビルが完成したのが一九九一年。その後、バブルは弾《はじ》けた。

総合商社の崎田商事はそれでも事業拡大を続けていたが不景気の波は避けられず、次第に業績が悪化し、事業を縮小。自社ビルを破格の値で売却することになった。

「それを近野さんが買えたのは、運が良かったのでしょうね」

立ち退き料を株で増やしていた理由はわからない。ほかに使い道がなかったのか、息子に資産を残してやるつもりだったのか。

「最初からこのビルを買うためだったはずはないと思いますが——どうかな。株が趣味なら崎田商事の業績悪化は予測できたでしょう。でも自社ビルの売却までは」

「それも予測してたのかもしれません」

唯一、近年の近野氏と交流があった真辺が言った。

「もしかしたら、近野さんは代々の土地を手放したことを後悔していたのかもしれない。

いつか買い戻そうとしていたのかも。だから業績が傾いてきたと知って、一縷《いちる》の望みを持ってこのビルの動向を見張っていた」

崎田ビルが売りに出されたと知り、近野氏はすぐに動いたのだろうか。手元には元手となる資金がある。かつて同じ土地を売った金で、買い戻せる。

「では僕が近野氏から託されて息子の古屋さんに受け継がせようとしているのはこのビルというか、土地、なのかな」

真辺が腕を組み、考え込む。そんな単純なことだろうか。苑子は自分たちがここに何をしにやってきたのかを今一度、思い出した。

「でも、それじゃあ開かずの扉の意味がないです」

「だよねえ」

「まだ言ってるんですか、そんなことを」

束《つか》の間《ま》、黙ったまま話を聞いていた古屋が、我に返ったように尖《とが》った声を出した。

「百歩譲ってあいつが——親父が祖父に土地を売らせたのは、俺を身ごもっていた母親の身を案じたからで、祖父も店を続けていくには健康面に問題があったからだとしましょう。信じがたいけど納得できないことはない。それも、ありえるかもしれない」

信じがたい、と口ではそう言ってはいるが、古屋は幹人の話を何の疑いもなく、いとも簡単に信じてしまったように思えた。

やっぱり幹人には何らかの力があるのだろうか。

「このビルを買ったのも、近野家の土地を取り戻すため。それもまあ、いいでしょう。思惑はどうであれ、ここがその土地だったのなら買い戻したのも事実です」

それでも開かずの扉はあるわけがない、と古屋は言い張る。

「親父はただ、そういう話をして聞いている人間をからかうのが好きなだけなんですよ、昔から」

都内のとあるビルの地下にはまだ見つかっていない旧日本軍が使用していた秘密の通路がある。また地下鉄のとある線のさらに地下には幻の地下街があって今でも飲食店や商店が並んでおり、耳を澄ますと賑《にぎ》わっている声が聞こえてくる。

「いわゆる都市伝説ってやつですよ。近野和菓子堂の地下には防空壕《ぼうくうごう》があって、それはどこそこのビルの地下と繋《つな》がっていて、そこは政府の地下シェルターで、とかね」

近野氏はまだ三人家族だった頃、幼い息子にそんな話をよく読み聞かせの絵本の代わりに聞かせていた。

「建設会社に勤めていたくらいだから、元々建物が好きだったんだろうな」

「いい思い出じゃないですか」

ぽろりと呟いた苑子を、古屋はまたも突き刺すような視線で見据えた。どうやら苑子はいちいち古屋の地雷を踏んでしまっているようだ。

「でたらめばっかり聞かせやがって」

「あら、そういうものなんじゃないですか、子どもに聞かせる話って。昔話とか。ノンフィクションのほうが少ないじゃない」

黙り込んだ苑子の代わりに、美冬が冷淡な口調で言った。

「なに」

「でたらめでいいじゃないですか。その時はわくわくしながら聞いてたんでしょう?」

とっぷり日の暮れた屋上で、美冬と古屋が臨戦態勢で向き合う。

「あの、あったと思いますよ」

ばちばちと火花を散らすふたりの間に、幹人がそれを意に介さず割って入った。

「何がですか」

「防空壕」

「どこに」

美冬と古屋が交互に訊ねる。

「近野和菓子堂の地下です。あったと思うというか、あってもおかしくないです」

ただし通じているのは政府の地下シェルターではなく、両隣の商店の地下くらいだったろうと、幹人は言う。

「でもそう考えると——近野さんという人は、地下にひどく興味を持っておられたようですね」

一同、はっと息を呑《の》んだ。

「地下――」

「部長、地下は調べました？」

「一応もう調べたつもりだけど。地下一階と、二階の駐車場は」

地下一階は須田メンテナンスがある階なので、見落としはないはずだ。だが駐車場と警備員室しかない地下二階は広すぎて、探しきれていないかもしれないという。

「地下二階、もう一回、調べましょう！」

苑子たちはばたばたと、屋上から階段室を駆け下りた。

息を切らしつつ、ぶつぶつ文句を言いながら、結局、古屋もついてきている。

「何で、エレベーターで下りないんだよ。地下二階だろうが」

勢いよく地下二階の階段室の扉を開けると、警備員室の窓口に座っていた警備員がぎょっとした様子で腰を浮かした。だが真辺が軽く手で制すと、緊張を解く。警備員たちにも、セキュリティ命の真辺は絶大な信頼を得ているのだ。

駐車場には、車が一台止まっているだけだった。

「手あたり次第、探すしかないかなあ」

「近野和菓子堂があった区画はどこでしょう」

まったく乱れていない声音がすぐそばの頭上から降ってきた。いつのまにか、幹人まで同行していた。

「そうか。それは目の付け所がいいね。さすが松葉さん」

真辺がぽんと手を叩《たた》いた。

「でも、それをいちばんよく知っているのはたぶん」

「そうですね。うちの両親です。連絡してみます」

答えるのと同時に、幹人はスマホをロングコートのポケットから取り出した。

「もしもし。あ、母さん？　僕ですけど」

母親が受話器を取ったようだが、幹人の顔が奇妙に引きつった。

「……何言ってんですか、オレオレ詐欺なわけ——僕ですって。だから幹人だよ」

耳にスマホを当てながら、苑子たちから離れていく。まさかとは思うが、オレオレ詐欺に間違われているのだろうか。たしかにあの台詞はよく耳にするオレオレ詐欺の常《じょう》套句《とうく》だけれども。

幹人は駐車場の端でしばし通話し、戻ってきた。

「なに、松葉さん、詐欺グループに間違われたの」

真辺が含み笑いで問う。

「すみません、最近、ご近所さんのとこにそういう電話がかかってきたと聞いたばかりで。被害はなかったんですけど」

「用心するのはいいことです」

「でも僕からだってわかってるはずなんです」

発信先は母親のスマホだったそうだ。誰からかかってきたかは画面に名前が出る。

「そうしたら、そうか、幹人を拉致して電話を取り上げてかけてきたんだね、って。それもう誘拐だし。オレオレ詐欺より質《たち》が悪い」

苑子は幹人の母親を思い浮かべた。

なかなかの曲者《くせもの》なのである。空気を読めない素振りで、デリケートな話題の核心をついてきたり、及び腰の苑子を自分のテリトリーに巻き込んでしまったり。だがそのおかげで、松葉家の食卓に同席することいつのまにかすでに五回以上。いまだ緊張は持続気味で、打ち解けるという域には達していないが、苑子の人となりは見透かされてしまっている気がする。

「あ、今、資料を送ってもらうように頼んだので」

「資料？」

「はい、あ、来た」

幹人のスマホの通知音が鳴った。

「昭和六十二年――一九八七年の町内地図です」

みんなで幹人のスマホ画面を覗《のぞ》き込む。幹人の母親がわざわざ地図の紙面を撮ってくれたようだ。一軒一軒細かく区割りされた町内地図の画像が数枚、送られてきていた。

画面をスクロールしていた幹人が何枚目かの画像で指を止めた。

「このあたりが、今の近野ビルかな」

大小十軒近くの家屋が集まった区画を指で拡大する。その中の南側にほかよりも少し大きな敷地があり、近野（和菓子堂）と記入されていた。

「これをここに当てはめると、近野さんの家は」

駐車場がしばし静まり返った。それぞれ頭の中で昔の地図とこの駐車場の東西南北や区画割を照らし合わせているのだろう。苑子は早々に諦めた。まず、東西南北がよくわかっていない。邪魔をしないよう、同じように口を閉ざしてみんなの答えを待った。

「とりあえず、南はこっちだね。警備員室のほう」

「東からは二軒目だからあのあたりでしょうか」

「手あたり次第、南側の壁と床を探してみます？　天井はさすがになさそうじゃないですか？　何かパイプみたいなのがいっぱい剝き出《むだ》しですし」

口々に言いながら、駐車場の一方へ向かっていく。苑子も後を追う。さらにその後を古屋も黙ってついてくる。

「わくわくしますね」

苑子は一歩立ち止まって古屋と並び、「ね」と同意を求めた。

「さあね」

古屋は不機嫌そうに答えたが、目はすでに南側の壁の上を彷徨《さまよ》っている。宝物を探すような表情を隠しきれずにいた。

古屋から離れ、苑子も探索を始める。

だがどんなに南側の壁と床を探しても、それらしき扉はどこにも見当たらない。

「ほら、やっぱりないでしょう」

揶揄《やゆ》するような口ぶりで古屋が言う。だが顔を見てみれば、誰よりも失望しているのがわかる。

「まだ残ってます」

平然と幹人が答えた。

「南だけじゃなくて駐車場全体を探します？」

美冬が少したじろぎながら訊ねた。

「いえ。そこも、辛うじて近野和菓子堂の敷地の中に入ってるんじゃないかと」

幹人が指を差したのは警備員室だった。

「なるほど」

真辺を先頭にずらずらと警備員室に入る。小さなワンルームマンションの一室にも満たない狭いスペースだが、壁一面にビル内の防犯カメラのモニターが十近く並び、ぱっぱっと数秒単位で映し出される画面が変わる。

「な、何でしょう。真辺部長」

この時間帯、常駐している警備員はふたり。ひとりはモニターを、もうひとりは窓口でビルへ出入りする人物をチェックする。

「あのね。この警備員室に使っていない場所ってあるかな」

「使っていない場所？」

警備員ふたりは戸惑い気味に顔を見合わせる。

「それか使っていない扉がついたもの」

「扉――」

室内には更衣室にあるようなロッカーと書類などを仕舞うキャビネットが一台ずつ。あとは扉といえば、デスクの引き出しくらいだろうか。どれも日常的に使うものばかりだ。

「奥に休憩室がありますけど」

「だったよねえ。奥、入ってもいいかな」

「はい、どうぞ。何でも自由に見てください」

戸惑いがちに頷き、奥へ促す。全体的にコンパクトな設《しつら》えらしく、休憩室も畳六畳弱ほどのスペースだった。

土足でもいいようだ。だが五人も入れば身動きも難しい。

ふたり掛けほどのソファが置いてあり、そこで仮眠を取るらしい。その前に小さなテーブルがある。飲み物しか入らなさそうな冷蔵庫の上に電子レンジ。あとは電気ポットやカセットコンロ。小さな流し台。カラーボックスの中には買い置きされたインスタント食品。生活感があるようなないような空間である。部屋に入ってすぐのところに扉があったが、残念ながらそれはトイレだった。

「押し入れがあるんですね」

引き戸ではなく片開きのものだ。扉が簡単に開いた時点で開かずの扉にはなりえなかったが、中身も布団に掃除機に、とごくごくありふれた代物だった。扉を閉め、真辺は肩を落とす。

「真辺さん。上に、天袋があります」

「ああほんとうだ」

押し入れの扉の上に、また別の小さな扉があった。

幹人に言われて天袋の扉に手を伸ばす。取っ手に届かない。幹人なら簡単に開けられるだろう。けれど、手を出そうとはしない。扉はみんなで探すが、それを開けるのは真辺の役目。いつしかそんな暗黙のルールができている。

（ここが最後の望み）

何も見つからなければ駐車場全体を当てもなく探さなければならない。

「真辺さん、これ」

幹人がカラーボックスを押し入れの前に移動させた。

「ああ、ありがとう」

真辺が靴を脱いでボックスにあがる。

苑子は祈るような気持ちで両手を胸の前で組んだ。

「ん？」

天袋はすんなりと開いた。その中に、真辺は何かを見つけたようだ。

「金庫かな、これ」

「え、金庫！」

聞いて一同、色めき立つ。金庫には扉があるだろう。

真辺が取り出してきたのはトランクのような形をした古びた金庫だった。

「手提げ金庫だね」

横の長さは三十センチほどだろうか。奥行きはそれより少し短かく、高さは約十五センチ。アンティークの風合いのある金庫で、正面の両サイドに丸い模様がついている。

だがそれはよく見ると、左側の丸は鍵穴に、右側の丸はそれ自体がダイヤルになっているようだ。真ん中に両サイドよりも大きな紋様入りの丸い飾りがあり、真ん中につまみらしき突起がある。それを捻るとフタが開くようだ。

「開かないね。鍵が掛かっているみたいだ」

つまみを何度か捻ろうとしたが動かず、断念した真辺は警備員たちを呼んで事情を訊く。金庫にはふたりとも覚えがない。だが押し入れの天袋に入っていたと聞き、ひとりが顔を上げた。

「知っているのかい？」

「聞いた話ですけど」

真辺に問われ、警備員はそう前置きをして話し出した。

「たしか井上さんが、言ってたような覚えがあるんです」

「井上さん――去年、うちを退職した」

「そうです」

井上さんというのは崎田ビルが近野ビルになった当初、つまり須田メンテナンスが管理し始めた時から警備員をしていた古株の男性だという。元公務員で役所を定年退職した後、須田メンテナンスに警備員として採用された。足腰も物覚えもしっかりしており、まだまだ働ける状態だったが、七十を前にゆっくり老後を過ごすことを選んだそうだ。

「ビルのオーナーからの預かり物が押し入れの天袋に入ってるから、そこは触らないようにと」

「預かり物」

「ええ。中身は聞いてませんし、井上さんも言ってませんでしたけど……それが預かり物なんですか？」

金庫。中身が何であれ、警備員室に預けるのは得策だろう。警備員室が昔の近野和菓子堂の敷地内にあったのは偶然だろうか。

「じゃあ、やっぱりこれが開かずの扉――」

「扉っていうよりは、フタだよね」

見つかった！　と、感動している苑子の横で美冬が淡々と指摘する。

「そ、そうね。でも開かずのフタってあまり雰囲気出ないかも」

とにかく、と真辺が場を仕切り直した。

「鍵が掛かっているので開けられない。これは専門の業者に任せるしかないね」

「専門の？」

「いわゆる鍵屋だよ」

鍵は近野氏が持っているのだろうが、どこにあるかわからない。勝手に住居に侵入できるはずもない。ダイヤル式の暗証番号も昏睡状態の近野氏の頭の中。たとえそれを記したメモなどがあっても、鍵と同じく手に入れるのは不可能に近い。

「開けて、いいんですよね？」

真辺が古屋に確認した。

「いいんじゃないですか。頼まれたのはあなただし」

古屋は投げやりな口ぶりで言った。だが目は金庫に釘付《くぎづ》けで興味津々であることを隠せていない。

「ではさっそく明日来てもらいましょう。直接鍵屋に金庫を持ち込んでもいいのですが……やはりここで、開けてもらうほうがいいと思うのです」

古屋に向かって真辺は言い張った。

「もちろん古屋さんにも立ち会ってもらいます。よろしいですか」

「……ええ」

3

翌日。

午後の一時に苑子も警備員室に赴いた。鍵屋が来る時間を真辺から聞き出し、千晶に無理を言って休憩時間を合わせたのだ。警備員室には真辺ともうひとり。

「あ、幹人さん」

「気になってね」

「お仕事は大丈夫？　まだ節分終わってないけど」

「今日は予約が少ないんだ」

仏滅だから、と幹人は言う。

「やっぱり厄祓《やくばら》いにそういうの関係あるんだ」

「ないよ」

きっぱりと答える。

「え、ないの？」

「もともと神道と六曜、ええと大安とか仏滅とかはほとんど関わりがないから」

「でも結婚式とかだと大安を気にするひと多いよね」

「うん。うちも婚礼の儀の申し込みがあるのはほぼ大安かな。でも気にするのは参拝する方々で、こっちはいつでもウエルカムだから」

厄祓いも儀式を頼むほうが気にするだけで、特にふさわしくない日でもないのだが仏滅は参拝客が少ない、というわけだ。

「どうも、お待たせしましたー」

そこに、勝手知ったるという気安さで初老の男性が入ってきた。

「お世話になっております」

「いつもありがとうございます」

工具箱のようなものを片手に、被《かぶ》っていたキャップを脱いで会釈をし、今度はそれを後ろ前に被り直す。

「いつも頼んでいる鍵屋さん」

真辺が説明する。須田メンテナンスや、ビル内の鍵全般を一括して依頼しているらしい。

「それで、ご依頼の金庫は」

「ちょっと待ってください、もうひとり来る予定で——ああ、いらっしゃいました」

一時を少し過ぎて、古屋が現れた。張り詰めた顔をしている。父親が自分に受け継がせようとした何かが、金庫の中に入っている。その正体がわかるのだ。

「これですか」

奥の休憩室で、テーブルの上に載せられた古い金庫を前に、初老の鍵屋もまた冒険の旅に出る前のような表情をした。

まずは鍵穴に工具箱から出した器具を差し込み、繊細に手を動かす。ものの数分で、小さく音がした。

「こっちは開きました」

「すごい。早い」

苑子はぱちぱちと拍手する。

「次はダイヤルですな。こりゃ古い。やりがいがある」

そう手こずるような素振りをしつつ、その手腕は鮮やかで、耳を金庫へ付けながら、右へ左へ回転半回転、細かく数度だけ動かしたり大きく二回転したり、あれよあれよという間に解読されていく。

にやり、と鍵屋が笑った。

「ほい、開錠」

「ありがとうございます」

言って、真辺は古屋を見た。

「どうします。この際ですから、僕の引継ぎは不要でしょう。ご自身で確かめられては」

この期に及んでも、渋々といった態度を崩さず、古屋が前に出てきた。

「ここのね。真ん中のつまみを右に回すんです」

言われたとおりにすると、また小さな音がした。古屋がフタに手をかける。動いた。ゆっくりと上げる。

中には桐《きり》でできた箱が入っていた。上にはめ込まれていた板をはずすと、今度は白い紙が現れた。

「畳紙だね」

幹人が言う。

「たたみがみ？」

「うん。たとう紙とも言う。着物とかを包んだりする紙。僕たち神職に携わる者は装飾にも使うし馴染《なじ》みが深い」

その畳紙に包まれ、何かが収められていた。

（何が包まれてるんだろう）

その場の視線を一身に浴びながら、古屋が恐る恐る手を伸ばした。

まずはテーブルの上に置き、みんなが見守る中、包みを開けていく。

「何だ、これ」

出てきたのは緑色の布を畳んだものだった。広げていくと、それは細長い布で、白抜きの文字がいくつか現れる。

「近野、和、菓子、堂」

緑の布に白抜きで並んでいた文字は、近野家が営んでいた商店の屋号だった。

「のれんですね」

「少し色褪《いろあ》せていますけど状態は悪くない。長年店頭に掲げている間に色を失っていったんでしょう。たぶん、のれんを下ろした時——廃業した時の状態のまま、大事に保管されていた」

幹人がのれんの端を遠慮がちに触りながら説明する。

「何でこんなもの。俺に和菓子屋を継げって？　自分が潰したくせに」

「そういうつもりはないですよ、たぶん」

「なぜ言い切れるんですか」

古屋が真辺に食ってかかった。

「ただ、のれんをあなたに託したかっただけでしょう」

「託す？　何のために」

納得できないように古屋は畳紙を両手でくしゃりと握り潰した。

「のれんなんて後生大事に金庫に入れて保管して未練がましい。それとも罪滅ぼしのつもりか？」

「まあまあ」

真辺が宥《なだ》めるが、苛立《いらだ》ちは鎮まらないらしい。

「……そうか。近野和菓子堂」

ふいに鍵屋が呟いた。じっとのれんを見ていた。

「覚えがあると思った。懐かしいですな、そののれん」

「ご存知ですか」

幹人が鍵屋に訊ねた。

「ええ。うちも古いですからね。思い出した。そういや、ここいらにあったんだよねえ。この金庫、どこにあったんです？」

「あの押し入れの天袋に」

「へえ、天袋にのれん。事情は知らねえが、高い場所に置いていたのは、やっぱりこう、のれんを店先の高い場所に吊《つ》るすような意味なんでしょうかね」

「なるほど」

「何だっけ、あの、そうだ、カステラ。子どもの頃、好きだったなあ」

「あ、それ、うちの父親も好物だったそうです。カステラの切れ端が安く売られてて、おやつに食べてたって」

「それだ。端っこでも味は変わんねえのにな。えっと、あんたさんは」

「そこの、賀上神社の息子で」

「ほう、そうですかい。本宮さんの。初詣には行かせてもらってますよ」

「ありがとうございます」

ああ、カステラが食いたくなったなあと呟きながら鍵屋は帰っていった。

しんみりとした空気が残される。

「のれんひとつで、話は広がりますね」

幹人が古屋を見た。

「なくなっても覚えている人はたくさんいる。そういう縁を継いでほしかったんじゃないかな。別に近野和菓子堂にまつわる縁ではなくても、古屋さんのご自分のまわりの縁を」

「俺の？」

「近野さん自身は、ご自分は縁が薄いと考えておられたのかもしれない。死を前にして家族も親類もいない。息子とも縁遠くなってしまった」

「自業自得ですよ」

「だからあなたには縁の多い人生をと考えたのかもしれません。……なんて、本当のご意思は近野さんにしかわかりませんが。でも、縁は途切れても再生される、と思うんです」

「再生？」

「たとえば、僕と古屋さんの昔の縁ですが」

「昔？　俺とあんたの間に縁なんてどこに」

「近野和菓子堂があのままなくならなかったら。ご両親が離婚しなかったら」

幹人はそんな仮定の話を始める。

「たぶん古屋さんは近野稔のまま、近野和菓子堂の店の上に住んでいた。だとしたら、古屋さんと僕、小学校と中学校は同じだったんじゃないかなあ。うちの神社とこのあたりは小中学校、同じ校区なんだよね。学年はたぶん、三学年ほど僕が上かな。僕は一九八五年生まれ。古屋さんは一九八八年？」

「あ、ああ」

「でもうちの神社と近野和菓子堂さんは家同士も親しくしてもらってたようだから、それくらい学年が違ってても大丈夫」

「大丈夫って何が」

「古屋さんが店を継いでたら五代目？　いや、お父さんは継いでないから飛ばして四代目か。これも古屋さんのおじいさんがもうしばらく、古屋さんを和菓子職人に仕込めるまでご健在でっていうのが前提で、その前に地上げ屋も撃退できていたらっていうまた別の仮定の話になるけど。それなら今でもうちが神事のたびに近野和菓子堂に奉納の和菓子を発注したりしてさ」

古屋は目を点にして紡ぎ出される幹人の言葉を聞いていた。

「だけど、実際は近野和菓子堂はなくなってしまったし、古屋さんはここから引っ越してしまったし、縁は途切れてしまったけれど、ほら、今またこうして繋がったよね。再生した。ね？」

毒気を抜かれたように幹人を見つめ返していたが、最後に念押しのように相槌《あいづち》を求められ、言われるままに頷く。目まぐるしく変わる表情に、心の動きが傍目《はため》にもわかりやすく見て取れた。それから一瞬、正気を取り戻したかのように険しい顔になったが、最後には少し気味の悪そうな目を幹人に向けていた。

近野学氏は昏睡状態のまま、その翌々日、息を引き取った。前日から病室に詰めていた古屋が看取ったという。

のれんを託した真意を知りたくて、丸一日、意識のない父親の耳元で話しかけ続けていたそうだが、応えはなかったらしい。

それでも父と息子だけの短い時間の中で、何か自分なりの答えを得たのだろうか。須田メンテナンスの取り仕切りによって、ひっそりと行われた葬儀の場で、古屋の面差しからは険が取れ、憔悴《しょうすい》というほどではなかったが、父親を喪《うしな》った息子の姿がそこにはあった。

小さな葬儀ながら、苑子も受付に案内にと動き回り、無事に式を終えて火葬場へと向かう送迎バスを見送って、ほぼ役目を終えた。あとは葬儀業者に任せ、控室で帰り支度をしていると、

「古屋さん、無事に近野ビルを継げそうだって」

苑子の横に黒い影が立った。

「幹人さん、来てたの？」

　当たり前だが喪服を着ている。黒に限らずスーツを着ている姿を見るのは初めてなので、不謹慎だがちょっぴり目を奪われる。

「うん」

「相続税、大丈夫だったんだ」

「支払いの猶予期間というものがあるらしい。最初にビルを買う時に半額以上を頭金で支払ったそうだからローンもほとんど終わってて、あとはテナント収益でそのまま税金が払えるそうだ」

　ビルの不動産価値を知らないので、ローン額も、相続税も、テナント収益も、金額の桁数さえやはり苑子にはピンとこないが、うまく収まるのならそれに越したことはなかった。

「でも、あの古屋さんがオーナーかあ。もしかして、近野ビルから古屋ビルに変わったりするのかな」

「どうだろうね」

「だって、お父さんのこと嫌ってたみたいだし」

　父親の死の間際で、物を言わないその顔を見ながら出した答えが、穏やかなものであったらいいと苑子は願った。

「嫌ってなんてないと思うよ」

ほら、と幹人は一冊の本を差し出した。

「世界の、地下探検……？」

表紙にはどこの国かはわからないが、洞窟や地下道などの写真が載っている。

「作者、見てみて」

「作者？　古屋稔——あ、古屋さん」

そういえば、フリーライターをしていると言っていた。

「古屋さん、世界を回っていろんな場所の地下を探検しているそうだよ」

「それって」

「うん。絶対父親の、近野さんの影響だよね」

幼い頃に父親から聞かされていた話。

きっと、古屋は目を輝かせながら耳を傾けていたことだろう。のちにそれらの話のほとんどがでたらめだと知っても、その時のわくわく感は本物だった。

けれどそれが、結果的に自分と母親を捨てた父親との数少ない思い出となった。

美化したくはない。いい思い出になどしてたまるか。

父への反発を抱きながらも、思い出の中の高揚感には抗《あらが》えず、こうして地下世界を探検しているのだ。

「自然にできた地下もすごいけど、人工的に掘り下げられた地下もすごいね」

苑子がぱらぱらと本を捲《めく》っていると、

「苑子も何だか面白そうな本を読んでるんだね」

幹人が含み笑いをしてこちらを見ていた。帰り支度の途中だったので、バッグのフタを開けたままにしていた。中身が目に入ったらしい。

「あっ、こ、これは」

バッグに入れていた本の背表紙が見えている。

――やさしい神道。基本知識。

「わたし、一般常識的な行事とかもよくわかってないから、その」

「勉強しようと思ったの？」

「まあ」

「それってもしかして、僕の家のため、とか」

「え、ええと」

ひっそりこっそり知識を身につけようとしていたのだ。幹人にはそれを知られたくなかった。まるで、神社の嫁になる気満々みたいではないか。

「……継ぐって、なかなか深いですよね」

苑子は話をはぐらかし、古屋の本を幹人に返した。

「何でまた敬語？」

聞こえないふりをしてバッグのフタを閉じると、幹人も追及を諦めたようだ。

「深い、か。うん。深くて重くて、けっこう面倒くさい。縁も家業も」

自分の意志ではままならないものだ。

「僕は陽人にも、神社を継ぐことを無理強いするつもりはない」

「幹人さんは？」

「ん？」

「幹人さんも神主さんじゃなくて、ほかにやりたいことがあったの？」

「そうだなあ。僕は物心ついたころから神主になるんだって思ってたし、実際、天職だと思ってるから」

清々《すがすが》しいほど曇りのない表情で幹人は言う。

「前に、陽人くんと話したことがあるの」

昨年の仕事納めの日だ。陽人が近野ビルの受付にやってきた。クリスマスプレゼントのお礼を言いに来たのだ。インフルエンザが完治し、熱も下がって数日経ったので祖母から外出許可が出たらしい。

これからサッカーチームの年内最後の練習があり、さっそく苑子がプレゼントしたサッカーシューズを履くのだと言っていた。

「陽人くん、プロのサッカー選手になりたいんですって」

「へえ」

幹人は驚きと、かすかに失望の色を浮かべた。

「聞いたことなかったの？」

「ない。――まあ、今はサッカーがいちばん楽しいようだから。また変わるかもしれないし」

などと、無理強いはしないというついさっきの言葉のわりに、ぶつぶつ言い出す。

「けっこう本気みたいよ」

「――――」

「でね。サッカー選手を引退したら、神主になるんだって」

へえ、と同じ返答をしながら、微妙に表情が変わる。少し、いや、かなりうれしそうだ。無理強いはしないけれど、やっぱり後を継いでほしいのだろうか。

どんな時も冷静沈着なのが神主の時の顔ならば、ポーカーフェイスを隠しきれず、わずかな喜怒哀楽をにじませるのは父親の顔なのだろう。

苑子は幹人のそんな父親の顔が好きだ。

節分の夜、クリスマスパーティーの仕切り直しと言われ、陽人に呼ばれた。豆まきをするのだという。

苑子がよく知っている豆まきの仕方と同じように「鬼は外、福は内」と豆をまく。これは賀上神社としてではなく松葉家の行事ということらしく、境内ではなく母屋の縁側で行われた。

「はい、これ。苑ちゃんの豆」

「ありがとう」

これも神事と言い聞かされているようで、最初は神妙な顔で豆をまいていた陽人だったが、

「えいーっ、えいーっ」

次第に乗ってきて、最後のほうは苑子を巻き込んで、どれだけ豆を遠くに飛ばせるか、競争になった。それをにこにこと見ている幹人の父親、呆れ顔の幹人。そしていつのまにか競争に参戦している幹人の母。孫と真剣勝負をして勝ったのもその祖母である。

「ぼくは九個！」

その後は年齢よりもひとつ多く豆をいただく。

「これは神事じゃなくて陽人のためのイベントだけど」

と幹人が言うのは巷《ちまた》で一般的な恵方巻のかぶりつきだ。一本食べ終わるまでしゃべら

ない——という決まりは誰も守れなかった。

陽人が眠る時間になり、苑子も帰ろうとしたが、何だかんだと幹人の両親に引き留められる。

「あらあ、まだいいじゃないの」

「そうそう苑子さん。お神酒《みき》がまだ残ってるんだ。どうだい。飲まないかい」

「でももう遅いので」

「苑子は明日も仕事なんだよ」

幹人の助け舟もまるで耳に入らないらしく、

「だったら泊っていけばいいじゃないの」

などと言い出したりする。

「え？」

「だって、帰るより楽でしょう」

「そうだそうだ。会社はうちの近くだし」

「部屋なら余ってるわよ。なんなら幹人と同じ部屋でいいじゃない」

「母さん！」

怒濤《どとう》のごとく畳みかけられたが、さすがにそれは謹んでお断りする。

「行こう。遅いから駅まで送る」

困っている苑子の腕を取り、幹人が立ち上がった。

「お、お邪魔しました」

境内に出たところでほう、と息をつく。変な汗をかいた。火照って汗ばんだ額に、冷たい風が当たる。急激に冷えを覚え、手袋をはめた。

「まったくもう、うちの親は」

幹人が苑子より深いため息をつき、「ごめん」と謝った。苑子は首を振る。困惑はするが、同時にうれしくもあるのだ。自分が松葉家に歓迎されているということが。

ブーツの先に、さっきまいた豆が当たった。明日になると鳩《はと》や雀《すずめ》が食べに来るんだよ、と陽人が言っていた。

「明日からは春だね」

「え？」

幹人が唐突にそんなことを言い出した。

かと思えば駅とは真逆の方角へと歩き出す。遠回りをするのだろうか。少しでも長い時間、一緒にいられるのは苑子もうれしい。

「そうね。まだ寒いけど立春よね」

途中、コンビニでホットドリンクを買い、住宅街の中の公園に来た。誰もいない。

「あ、空いてる」

そんな当たり前のことを言ってブランコに座る。苑子が隣に座るとココアの紙カップを手渡された。

「ありがと」

幹人はコーヒーを啜《すす》ると、徐に公園の時計を見上げながら、

「十一時半。もうすぐ新年が始まる」

「新年？」

「明日からは、春」

「あ、そうだね」

旧暦では一年の区切り。

今日で冬が終わり、明日から春が始まる。

「旧暦だと今日が大晦日《おおみそか》ってことね。そういえば節分の豆まきって平安時代に宮中で大晦日にしてた行事が起源なのよね」

「追儺《ついな》だね。あの本に書いてあったの？」

「あ、うん」

すると幹人は急に、真剣な顔を苑子に向けた。

「苑子はね、そのままでいてくれたらいいんだよ」

「え？」

「神社に嫁ぐとか、陽人の母親になるとか。きっとすごい責任もプレッシャーも覚悟もあるんだろうけど」

苑子は「え？」を繰り返す。いきなりどうしたのだろう。

「僕はそんなに心配をしてないんだ。だって僕が好きになったひとだから。僕だけじゃなく陽人も苑子が大好きだし。きっと大丈夫だって——なんて言ったらますますプレッシャーかもしれないし、無責任だって思われるかもしれないけど。苑子はひとりの普通の女性として結婚する覚悟だけ持っていてくれれば」

「あの」

「だから、僕と結婚してください」

びっくりしながらも、聞いている途中からそういうことなのだと理解していた。返す言葉も決まっていた。なのに喉がからからで声が出ない。

「苑子？」

「ま、待って」

苑子は握りしめていた紙カップを呷《あお》った。思っていた以上に冷めていたココアが喉を通っていく。

息を整え、ブランコから立ち上がり、幹人に向き合う。

幹人も立ち上がる。

「はい。よろしくお願いします」

さすがに緊張していたらしい幹人は、よかったと脱力した。

「待ってって言うから断られるのかと」

ミッションを完了したかのような清々しい笑顔を浮かべる。

「幹人さんも、待って、って言ってたじゃない」

「え？」

「クリスマスイブに」

そうだっけ、ととぼけながら歩き出した。

「何で、待ってくれって言ったの？　クリスマスパーティーの日」

苑子は努めて意識しないようにしていたが、待ってて、という言葉はずっと心の片隅にあった。いや、片隅どころではない。このひと月あまり、ずっと心の中の大半を占めていた。

――その時が来たらちゃんと言うから
その時、っていつ？

年が明け、日常が流れゆき、時折、開かずの扉騒動その他、非日常の出来事が行き過ぎ。

「ひたすら、待ってたんだけど」

その間、幹人は顔を合わせても今までと何も変わりなく、ともすれば、待っててと言ったことすら忘れているのではないかと疑っていたくらいだ。

それがまさか今日、節分の日とは。

幹人は苑子の数歩前で立ち止まり、苑子が追いつくのを待った。並んだところで、苑子の手を握る。手袋越しに、温もりよりも力強さを感じる。

「だって、あれじゃまるで陽人が苑子にプロポーズしたみたいじゃないか」

「え、そう？」

たしかに、サンタさんへの願い事には、ぼくにママをください、とあったけれど。

「苑子はさ、陽人の母親になりたいの？　それとも僕の奥さんになりたいの？」

「りょ、両方……」

「あのさ、そこはまず、僕の奥さんて答えてよ」

幹人が苦笑する。

「息子に背中を押してもらわなくても、僕には僕のタイミングがあるし、その時に伝えたかったし」

それだけ、と幹人は言い、駅に向かって歩き出した。

「それだけ？」

「うん」

実は幹人の両親は幹人がとっくにプロポーズを終え、苑子に了承を得ていると思っているらしく、それで泊っていけ発言に繋がったらしい。

「節分が幹人さんのタイミングだったの？」

「神道を継承するものとしては、クリスマスよりいい日だと思うけど」

言われてみれば、そうかもしれない。

「旧暦の大晦日だものね。もうすぐ、新年だね」

時間は午後十一時五十分。

除夜の鐘は聞こえないけれど、耳を澄ませば、新年の足音が聞こえてきそうな気がした。

縁むすび

「すみません、クリスマスなのに」

苑子は自分の周りを取り囲んでいる同僚三人に向かって軽く顎を引いた。謝意を示したつもりだが、何しろ慣れない格好をしているのでぎこちない動きになる。

「何を言ってるの。おめでたい日なのに。いいのよ、うちはもう昨日のうちにクリスマスやったし」

「今はイブのほうが盛り上がりますもんね」

「あーあ。瀬戸さんに先を越されちゃったあ」

その年のクリスマス。

近野ビルの第一会議室の奥。パーティションで仕切られた簡易の女性用着付け室の中で、千晶、有来、美冬もそれぞれ仕事を終えて制服から礼服に着替え終えていた。千晶はシックな色のロングワンピース。美冬は振袖。有来だけは礼服というより仕事着になるのかもしれない。白い着物に朱色の袴《はかま》の巫女《みこ》姿である。

近野ビル屋上の賀上神社で婚儀がある時は、須田メンテナンスが式を仕切る。最年少の女性従業員が巫女役を担う決まりになっており、ここ一、二年の間はずっと有来がその役だ。そのほか、いつもは受付担当の千晶、苑子、総務部の美冬が率先して参列者の案内などをするのだが、今日は主役が違う。千晶と美冬も参列者だ。

「瀬戸さん、おめでとう」

三人が口々にお祝いを述べる。

「ありがとうございます」

賀上神社が手配した着付け係の女性によって白無垢《しろむく》姿に仕上げられた苑子は、椅子に座ったまま、綿帽子の下から笑顔を向けた。

今年の節分の日にプロポーズを受け、それから十か月。

婚礼の儀は今日、大安のクリスマスの夜にすることになった。平日なので、みな、仕事終わりに参列してくれる。

と言っても、式だけなので、両家の近しい親戚と親しい友人のみだ。瀬戸家は両親と、遠方に住んでいる兄が駆けつけてくれ、数人の大学の友人たち、そして前に勤めていた会社の先輩、麻由実《まゆみ》も来てくれた。

神職の家に嫁ぐと言い出した娘に、家族全員仰天し、さらに相手には小学校低学年の息子がいると聞いて絶句した。

両親共にかなり難色を示していたが、それを和らげたのはほかでもない、その一因でもあった陽人本人だった。

賀上神社本宮での両家の初顔合わせが執り行われたのは桜の季節。正式な婚約以前の、花見を兼ねた食事会という名目だった。本宮の境内には立派な桜の木がいくつかあるのだ。

その際、苑子の両親はたちまち陽人に骨抜きにされた。

小学三年生になり、ほんの少し生意気さも出てきたが、素直で礼儀正しい反面、子どもらしい無邪気さも健在、何より苑子にべったり懐いている様子を見て、頬が緩みっぱなしだった。

『苑ちゃんのお父さんお母さん、松葉陽人と言います。よろしくお願いします』

まずは正座に三つ指ついてちょこんと頭を下げて挨拶をして感心させ、その後は少しはにかみながら『苑ちゃんはお母さんに似てるんだね。苑ちゃんと一緒でお母さんもかわいいね』『ねえ、おじいちゃんおばあちゃんて呼んでもいいのかな。あ、瀬戸のおじいちゃんおばあちゃんて呼んだほうが紛らわしくないね』『新しくおじいちゃんとおばあちゃんができてうれしいなあ』などなど、苑子の耳元で内緒話風に、しかしみなに聞こえる声で話すのである。

両親の目じりが次第に下がっていくのを目の当たりにし、ほっと胸を撫《な》で下ろした苑子であった。

『苑子さんと、結婚をさせてください』

幹人の人となりに誠実さと頼もしさを覚え、穏やかで神社の主然とした幹人の父に安《あん》堵《ど》し、そして意外とざっくばらんな幹人の母に少し圧倒されつつも、『納得した』と帰宅してから苑子の父と母は語った。

松葉家としても瀬戸家には何も言うことはなかったそうで、その後はとんとん拍子に話は進み、めでたく今日の運びとなった。

年の瀬も押し迫った、神社には一年でいちばん忙しい時期。しかも六曜で最良の日、そしてクリスマス、と神道とはことごとく無関係の日に式を挙げることになったのはいくつか理由がある。

まず、十一月の末に幹人の亡き妻、美由紀の五年祭が行われた。仏教でいえば法事にあたるもので、亡くなってから五年目の命日に執り行われる。苑子には何も言わないが、幹人はそれを、自分の中の一区切りとしたらしい。

そして何よりクリスマスの式を声高らかに唱えたのはまたしても陽人だ。

『クリスマス！　絶対クリスマスがいい！』

去年はインフルエンザで寝込んでしまい、パーティーが流れた。サンタへの願いも結果的にうやむやになってしまったが、こうして一年越しに陽人の願いが叶《かな》えられたわけである。

「お時間です」

声をかけられ、苑子は立ち上がった。巫女役の有来が手を取って導いてくれる。

着付け室を出たところに、新郎の出で立《いた》ちをした幹人がいた。通常、神前式の新郎は紋付き袴だが、幹人は仕事着と同じ狩衣《かりぎぬ》を着ている。だがやはり神主の衣とは少し違うようだ。

（どっちにしてもかっこいい）

ふっと幹人が微笑《ほほえ》んだ。苑子の白無垢姿を見てどう思っただろう。

まずはエレベーターで参道の出発点、つまり地下二階まで下りる。横に並んでしまうと綿帽子が邪魔で幹人の姿が見えなくなるのが残念だった。下にはすでに参列者が並んでいた。紋付き袴を着た陽人が手を振っていた。

これから花嫁行列を成して、屋上の神社を目指す。

階段室に響き渡るのは音楽プレーヤーから流れる雅楽である。一歩一歩、階段を上がっていると、それはもう様々な想《おも》いが心の中に浮かんでくる。けれどそれらは驚くほど静かで穏やかで、時折、無心にすらなってくる。

ゆっくり、ゆっくり。

苑子や幹人は慣れているが、参列者たちにとっては地下二階から十階、その上の屋上までの道のりはなかなか厳しいだろう。

何度か、階段の踊り場でパッとフラッシュがたかれる。カメラマンを引き受けてくれたのは真辺だが、階段室を行く花嫁行列の写真はあとで見返せば、ものすごく斬新に違いない。

（不思議だな）

そのひとことに尽きた。

縁も出会いも。

屋上に着き、扉が開かれる。

夜の闇の中に灯《あか》りがふたつ、浮かんでいる。

賀上神社の前には幹人の父親が婚礼の儀を執り行う神主として待っていた。

灯籠の揺れる灯火。

赤い、鳥居。

二年あまり前。

ここから遠く離れたガラス張りの高層オフィスビルの窓から、傷心の苑子はこの近野ビルの鳥居を見つけた。

なにげなく再就職を願い、採用されたのが須田メンテナンスだ。

そしてこの屋上神社で、幹人と出会った。恋をした。縁が結ばれたのはいつのことだろう。

最初から苑子と幹人の間に縁があったのだろうか。それを、お互いに手繰り寄せて紡いで、育てて、これから結ばれようとしている。この先、縁が細くなることも解《ほど》けてしまいそうになることもあるのかもしれない。縁起でもないけれど。

それでも幹人の言葉が不安を消す。

紡いできた縁は簡単には切れない。

それは、苑子と幹人の間にある縁だけではない。

ここに参列してくれている人々ともふたりの縁は繋《つな》がっている。人々の縁もまたどこかの誰かと。

(何だか宇宙的だ)

視界はほぼ綿帽子に遮られているのに、意識は果てしなく、そんなことを思う。

そうして広がっていく無限の縁の中から、苑子は幹人と出会い、結ばれた。

願わくば、この縁が、永遠に続きますように。

おわり

あとがき

神社の鳥居をくぐった瞬間の、まわりの空気が一変するような感覚が好きです。夏の日、それまで鳴り響いていた蟬時雨《せみしぐれ》が一瞬遠のくような。冬の日、吹き抜ける風の冷たさとはまた別の、クリアに研ぎ澄まされた何かを感じるような。

すべて自分の感覚なので実は何も変わっていないのかもしれない。そんな気がするだけ、なのかもしれませんが。

わたしは特別信心深いわけではありません。神社仏閣を訪れるのは桜や紅葉のシーズンや初詣。そのほか折に触れ、ふとした思いつきで足を運ぶくらい。知識なんてたぶん、本書の主人公、苑子といい勝負です。けれどやはりどこかに日本人として根づいているものがあるのか、願い事があると神社へと向かい、手を合わせます。神頼みをしながら、実は自分自身の心と向き合っているのかもしれません。

さて。

「屋上で縁結び」シリーズ最終巻です。

思い返せば、このお話を書くきっかけとなったのは、担当編集者さんと食事をしていた時、窓の外に見えた景色でした。

立ち並ぶ様々なビルの屋上が目に入り、ふと、そういえばビルの屋上って神社とかあったりしますよね、というような話の流れになった覚えがあります。

話は前後しますが、ちょうど前作の時代物（「浪花《なにわ》ふらふら謎草紙」シリーズ）が完結し、次は現代物で軽やかな恋愛ものが書きたいという話をしていたこともあり、同時に編集者さんから受付嬢というワードも飛び出して、一気に「屋上で縁結び」の大枠が頭の中に浮かび上がりました。

オフィスビルの新人受付担当苑子と、彼女の勤め先の屋上にある神社の神主幹人の恋をメインに、神社に訪れる様々な悩み迷いを抱える人々を描いた物語。これにて完結です。いかがでしたでしょうか。

楽しんでいただけていたら幸いです。

最後に感謝の言葉を。

この物語誕生のきっかけをくださった担当編集者さま。かれこれ十数年のおつきあいをさせていただいておりますが、いつの時も心強い存在です。

シリーズを通してカバーを描いてくださったＭｉｎｏｒｕさま。毎回ポップでキュートでわくわくするような素敵なイラストをありがとうございました。

各巻で解説を書いてくださった方々、このシリーズを刊行するにあたり、関わっていただいたすべての皆さま。

そしてなにより、この本を手に取ってくださったあなたに心から感謝いたします。

本書は、集英社文庫のために書き下ろされた作品です。

岡篠名桜の本

屋上で縁結び

屋上に神社を祀るビルで受付嬢として働くことになった苑子。初出勤日、屋上に上ってみた苑子は、社の掃除中の神主・幹人と知り合い……。日常の小さな謎を描くお仕事ミステリー。

集英社文庫

岡篠名桜の本

屋上で縁結び
日曜日のゆうれい

屋上に神社を祀るビルで受付嬢として働く苑子。ビルの防犯カメラに子どもの幽霊が映ったという噂を聞いて……。ごく普通の日常にある小さな謎と人の縁。あたたかでやさしい連作小説。

集英社文庫

岡篠名桜の本

浪花ふらふら謎草紙

大坂の旅籠「さと屋」の看板娘・花歩。ある事情から「ふらふら歩き」が日課で、気づけば町に詳しくなっていた。それを生かし、名所案内を始めるが……。浪花の人情溢れる時代小説。

集英社文庫

岡篠名桜の本

見ざるの天神さん
浪花ふらふら謎草紙

夏の大坂。天神祭の案内をしていた花歩だが、「さと屋」の泊まり客の一人が祭の禁を犯す騒ぎを起こしてしまう。「天神さんに罰を当てて欲しかった」と言うのだが……。第2弾。

岡篠名桜の本

雪の夜明け

浪花ふらふら謎草紙

花歩の名所案内図「浪花歩図絵」の評判も上々な中、行方知れずの実父の絵とそっくりの絵を見た人が現れ……。秋の名月、晩秋の顔見世興行、雪景色など、風物と共に綴られる全4編。

集英社文庫

集英社文庫

屋上《おくじょう》で縁結《えんむす》び 縁《えん》つむぎ

2019年2月25日　第1刷　　定価はカバーに表示してあります。

著　者　岡篠名桜《おかしのなお》

発行者　徳永　真

発行所　株式会社 集英社
東京都千代田区一ツ橋2-5-10　〒101-8050
電話【編集部】03-3230-6095
【読者係】03-3230-6080
【販売部】03-3230-6393(書店専用)

印　刷　株式会社 廣済堂

製　本　株式会社 廣済堂

フォーマットデザイン　アリヤマデザインストア　　マークデザイン　居山浩二

ISBN978-4-08-745847-3 C0193